福を運びし鬼
奥小姓 裏始末
JN071493
青田圭一
時代小説
二見時代小説文庫

目次

福を運びし鬼——奥小姓裏始末 3

序章　お忍び大名の危機

（これまでか……）

弱気にならざるを得ない状況だった。

慣れて久しい戻り路(じ)が、今は殺気に満ちている。

品川(しながわ)近くの袖ケ崎(そでがさき)から下麻布(しもあざぶ)へ至る近道の、雑木林の中だった。

行く手を阻む曲者(くせもの)の数は五人。

三日月が浮かぶ空の下、刀を抜き連ねていた。

覆面で顔を隠し、革の襷(たすき)で両袖をたくし上げている。

剝き出した腕には紺地の手甲(てっこう)。袴(はかま)の股立(ももだ)ちを取って覗かせた足に脚絆(きゃはん)を巻き、草履(ぞうり)ではなく草鞋(わらじ)を履いていた。

動きやすく身なりを調(ととの)えた上、足元の備えにも抜かりがない。

武士らしい戦いの支度も物々しく、四人の曲者が正敦(まさあつ)に迫る。

後詰(ごづ)めと思(おぼ)しき一人を後方に残し、四方を取り囲んでいた。

「そのほうら、堀田摂津守(ほったせっつのかみ)と知ってのことか」

問いかけに対する答えはない。

無言のままでじりじりと、間合いを詰めてくるばかり。

対する正敦は孤立無援。

お忍びで供も連れずに外出(そとで)をしたのを承知の上で、夜更(ふ)けの襲撃に及んだのだろう。

（ここで果てるわけには参らぬ）

きっと眦(まなじり)を決する男の名は堀田摂津守正敦。当年取って三十五歳。近江堅田(おうみかたた)一万石の藩主にして、去る四月八日に大番頭(おおばんがしら)の御役に就いたばかりの身であった。

面長(おもなが)の顔は汗に濡れ、切れ長の目が血走る。

いつまでも動揺してはいられない。

四方から迫り来るのを見返しつつ、正敦は息を調(ととの)えた。

鼻孔を膨らませずに吸い、わずかに開いた口から吐く。

次の動きを読まれぬための配慮である。刀の柄(つか)を握る手の内(うち)と共に、剣術の修行で幼い頃から、厳しく教え込まれてきたことだ。

正敦は静かに呼吸を繰り返し、丹田(たんでん)に気を満たした。

多勢を相手にどこまで耐えられるか分からぬが、凌ぎきらねばならない。

「押し通るぞ」

一声発し、前に出る。

すかさず一人が斬りかかった。

夜目にも禍々しい凶刃が弧を描き、刃音と共に振り下ろされる。

竹刀で打ち合うだけではなく、木刀を扱い慣れた動きだ。

のみならず、本身の捌きにも熟達している。巻き藁を用いた試し斬りだけで、ここまで手の内は錬り上がるまい。

正敦は辛くも受け流し、返す刀で斬り付けた。

相手が後退した機を逃さず、更に一歩、前に出る。

そこに新手が迫り来た。

多勢であっても一人ずつ攻めかかるのは、同士討ちを避けるためだ。

剣術では実戦を想定し、一対一を基本とした上で複数の敵と戦う技も鍛える。

元より正敦も習得済みだが、これは生まれて初めての真剣勝負。動揺すれば命取りだと分かっていても、怯えずにはいられない。

対する四人は、明らかに場数を踏んでいた。

「そのほうら、辻斬りをしておるな」

思わず問うた正敦への答えは、錬れた手の内で繰り出す刺突。

「慮外者め……」

鋭い突きを打ち払いつつ、正敦は怒りを込めて呟いた。

その気になれば、江戸では人を斬る機会に事欠かない。

数年来の飢饉で米が取れず、年貢も納められなくなった農民が村を捨て、無宿人となって流れ込んでくるからだ。

先代将軍の家治公が急逝し、その庇護の下で権勢を振るった田沼主殿頭意次が老中職を罷免されて、早くも二年。

新たに老中首座となった松平越中守定信は昨年から将軍補佐を兼ね、いまだ若い新将軍の家斉公に代わって幕政を牽引しているものの、無宿人は増える一方。

在所の村々に戻して帰農させる対策もままならず、辻斬りの犠牲になったところで町奉行所は碌に調べもしない。

戦国乱世の武士は合戦の後に亡骸を拾ってきては試し斬りを行い、人体のさまざまな部位を斬り割ることで腕を磨いたという。

ぞっとする話だが、辻斬りに比べればまだ武士らしい。

いくさ場で敵を討つことは、仕える主君を生かす臣下の務め。全ては戦局を有利にするためであり、無用の殺人は罪に問われる。

泰平の世にあっては、尚のことだ。

まして米を作る農民は、日の本を支える宝。

その命と職分を保護せずして、何が天下の御政道か？

無宿人を狙う辻斬りの横行は由々しきことと正敦は常々感じていたが、こうした形で我が身にしわ寄せが来ようとは、思ってもいなかった。

曲者どもは入れ代わり立ち代わり、正敦に攻めかかる。

負けじと受け止め、受け流す。

汗が染みた目の隅に、後詰めの男の姿が映った。

雑木を背にして待機しながらも右手に提げた抜き身の切っ先をわずかに上げ、囲みを破られた際への備えを怠らずにいる。

荒法師といった雰囲気の、威風堂々とした男であった。

身の丈は六尺に近く、四肢は太くたくましい。

漂わせる気迫の鋭さも他の四人とは段違いだが、立場は一番軽いらしい。

「後は任せる。やれ」

曲者の一人が背中越しに男を促す。ぞんざいな口調だった。

それを合図に、仲間の三人も一斉に退いた。

「承知」

言葉少なに答えるや、大きな体が前に出る。

筋骨隆々としていながらも動きは機敏。

刀を振りかぶる所作にも、力みがない。

それでいて、斬り付けの勢いは尋常ならざる程に重かった。

刃を交えた直後、正敦の手から刀が離れた。

「くっ」

負けじと抜いた脇差も、瞬く間に打ち落とされた。

「お覚悟を」

空手になった正敦を見返し、男は静かに言い渡す。

思わず正敦は目を閉じた。

避けられぬ死を前にして、瞼に浮かんだのはあどけない少年の貌。

(常之丞、許せ)

胸の内で呟いた刹那、鋭い刃音が耳朶を打つ。

何者かが横から割り込み、男の斬り付けを止めたのだ。
「今の内にお退きなされませ、摂津守様」
呼びかける声はくぐもっていた。
見れば刺客たちと同様に、覆面を着けている。
薄墨色の、一目で上物と分かる生地だった。
その覆面の隙間から覗かせた瞳はつぶら。
少年を思わせる輝きと共に、頼もしい光を帯びている。
正敦を気遣いながらも油断なく、手にした刀を前に向けていた。
冴えた地鉄に、蛙子交じりの丁子刃が映える。
今出来の新刀とは別物の、古の太刀を磨り上げた一振りに相違ない。
それ程の刀を持つのにふさわしく、並より小柄と思えぬ貫禄が備わっていた。
「さ、お早く」
「か、かたじけない！」
重ねて促すのに礼を述べ、だっと正敦は駆け出す。
予期せぬ手練の出現に動揺し、曲者どもは動きを止めていた。
とどめの一刀を阻まれた男も動けない。

必殺を期した斬り付けを受け止められたまま、膠で貼りつけられたかのように刀身が離れずにいたからだ。

「米糊付……」

男が口走ったのは、相手の刀を封じてしまう高度な一手。

飯粒を練った米糊は身近でありながら、片面ずつ拵えた刀の鞘を貼り合わせるのに用いられる程、接着する力が強い。その名を冠する『米糊付』は古流の剣術として名高い、江戸近郊では上州の馬庭念流に伝承される秘伝の防御法だ。

「うぬ、樋口様が一門かっ」

羨望を帯びた声で男が問う。

「さに非ず。格別のお計らいにて、この一手のみをご教示頂いたのだ」

答える声は静かな響き。

微塵も驕らず、淡々と男に向かって告げていた。

「一手指南で、これ程までに……だと？」

驚きを隠せずに呻いた瞬間、男の巨体が揺らぐ。

合わせた刀を打っ放しざま、助太刀が身を翻したのだ。

立ち向かった相手は、茫然としていた四人の曲者。

慌てて構え直した時には遅く、近間へと踏み込まれていた。

「うっ」

「むっ」

「ぐわ」

口々に呻きを上げて、三人が倒れ伏す。

「おのれ……」

残る一人も振りかぶった刀を斬り下ろせぬまま、ぬかるみに倒れ込んでいた。

いずれも手傷を負ってはいない。

「峰打ちか」

「無用の殺生は致さぬ。大人しゅう退いてくれれば、それでよい」

信じがたい様子で呟く男に、助太刀は淡々と答えた。

峰打ちは相手に届く寸前に刀を反転させ、斬られてしまったと思い込ませて失神を誘う妙技であり、その打ち込みはあくまで軽い。斬るのと同じ勢いで打ち込めば刀身が曲がってしまうし、そもそも最初から刃を返していては相手は動揺しないだろう。

それにしても念流秘伝の『米糊付』のみならず峰打ちまで会得しているとは、尋常ならざる腕前と言うより他にあるまい。

「……」

男は無言で視線を巡らせた。

四人の仲間は気を失ったまま、微動だにできずにいる。

「さ、おぬしも退いてくれ」

重ねて促された瞬間、男は帯前の脇差に手を伸ばした。

右手に提げた刀を前に向けたまま、左手で抜き放つ。

二刀を構えたと見て取るや、助太刀も一刀を取り直した。

柄を握った右手を顎の横、左手を正中線の上にしたのは八双(はっそう)。兜(かぶと)を被っているため刀を頭上に振りかぶれない、古(いにしえ)のいくさ場で常とされた構えである。

「勝負！」

決意を込めて宣言するや、男は一気に間合いを詰める。

巨軀(きょく)に似合わぬ機敏な動きに、助太刀は虚(きょ)を突かれたらしい。

右手の刀で斬り付けられたのを止めた刹那、左手の脇差が突いてくる。

右を攻め、左を守りとする、二刀流本来の戦法とは異なる一手だ。

「あっ……」

堪(たま)らず声を上げたのは、逃げる足を止めた正敦。

振り返った瞬間に目の当たりにしたのは手練の助太刀を以てしても防ぎ得ぬ、致命傷を受けるが必定の局面だった。

しかし、肉を貫く音は聞こえてこない。

代わりに耳をつんざいたのは、頼もしい金属音。

助太刀が脇差を抜きざまに、男の突きを止めたのだ。

それだけならば、疑問を抱くには及ばなかった。

門外漢でありながら『米糊付』を会得した天与の才の持ち主であれば、二刀流ならではの防御を咄嗟に成し得たとしても頷けよう。

だが男の突きを防いだ直後、右手と寸分違わぬ刀捌きで峰打ちを浴びせたとなれば話が違う。

「そのほう、左手遣いであったのか……」

巨軀が崩れ落ちていくのを遠目にしながら、正敦は信じがたい面持ちで呟いた。

武家に生まれた子は例外なく右利きに育てられる。左利きをそのままにしておけば家運が傾くとされているからだ。

正敦を驚愕させた助太刀の正体は、それだけにはとどまらなかった。

激しい攻防で覆面がずれ、額に設けられた垂れが捲れている。

「風見竜之介……。主殿頭様の甥が、何故に身共の一命を……」

露わになった童顔は徳川十一代将軍、家斉公の御側近くに仕える奥小姓。

その覆面の額にくっきりと刺繡されていたのは、葵の御紋。

去り際の一瞬であっても見誤りようのない、将軍家の紋所に相違なかった。

第一章　手練(てだれ)一家の影御用

一

夜中に降り出した雨は、朝になってもまだ止(や)まない。

寛政(かんせい)元年——一七八九年の六月上旬は異国の暦(こよみ)では六月の下旬。

去る五月の二十八日に川開きを迎えたものの江戸の梅雨(つゆ)が明ける気配はなく、そぼ降る五月雨(さみだれ)の下を往くのは千代田(ちよだ)の御城に粛々と出仕する大名と旗本の一行、そして笠と合羽(かっぱ)を身に纏い、わずかな供を従えて先を急ぐ御家人ばかり。

雨の日は江戸っ子の稼ぎ頭(がしら)である大工をはじめ、出職(でしょく)と呼ばれる町人の男たちも家で大人(おとな)しくしているしかなく、市中は静けさに包まれていた。

さまざまな商家と職人の店が軒を連ねる神田(かんだ)も、例外ではない。

五百石取りの風見家が屋敷を拝領し、暮らしているのは神田小川町（おがわまち）。武家地と町人地が隣り合い、晴れた日には賑わいの絶えぬ地だ。

「ば、ば、ば」

雨垂れがしぶく縁側の向こうから、あどけない声が聞こえてくる。

竜之介の第一子である虎和（とらかず）が目を覚ましたのだ。

数え年は生まれた年に一歳と勘定される。昨年の大つごもりに産声（うぶごえ）を上げた虎和は生後半年にして二歳であった。

「だ、だ、だ」

虎和は濁音交じりの喃語（なんご）を上げ、むっちりとした手足をばたつかせる。

日が射さずとも目を覚ましたのは、決まった時間に起きる習慣が身についてきたがゆえのこと。福々しい丸顔に笑みを浮かべ、ごろりごろりと寝返りを打っていた。

「ふふ」

我が子の健（すこ）やかな姿に微笑みながらも、竜之介は茶の支度をする手を休めない。

寝間着は起きて早々に脱ぎ、部屋着にしている木綿（もめん）の着流し姿。武士の習いで脇差だけは屋敷の中でも帯びていた。既に洗顔と歯磨きを済ませ、髭（ひげ）と月代（さかやき）も剃ってある。

竜之介は火鉢の五徳（ごとく）に掛けておいた鉄瓶を取り、二つの碗に湯を注（そそ）ぐ。

程よい加減となるのを待って急須に移し、茶葉を投じて蓋をする。

緑鮮やかな煎じ茶が夫婦茶碗に注ぎ分けられた。

小ぶりな碗を茶托に載せ、竜之介は腰を上げる。

膝立ちで躙り寄ったのは、虎和の隣の寝床。

敷かれたままの布団の中では、弓香が寝息を立てていた。

竜之介を婿にした風見の家付き娘は、二つ上の二十六歳。

半年前に一児の母となり、並の男は足下にも及ばぬほどの剣客だった独り身の頃と比べて少々ふくよかになったものの、凜とした雰囲気は変わらない。

とはいえ夫が起きても目を覚まさずにいるのは、妻として恥ずべきことだ。婿取りをした家の娘であろうと感心できぬ話である。

しかし竜之介は腹を立てた様子もなく、眠る奥方を笑顔で見やる。

「お早う」

「ん……」

優しい声で呼びかけられ、弓香はゆっくりと目を開く。

「お早うございまする……もう朝でございますか？」

「ああ。虎和も起きておる」

竜之介が柔和な視線を向けた先では、虎和が奮闘していた。

腹這いから身を起こし、布団の上に尻を載せる。

両の手を広げて体を支えようとした途端（とたん）、ころんと横に転がった。

おすわりに挑戦していたのだ。

生まれて半年の赤ん坊は首と腰が据（す）わっても、座るために必要な体の軸がまだ十分に定まっておらず、自力で座るのは難しい。

それでも虎和はめげずに腰を上げ、同じ動作を繰り返す。

我が子の可愛らしい奮闘ぶりに、夫婦は揃って微笑んだ。

「さ、まずは一服」

竜之介は笑みを浮かべたまま、枕元に茶托を置く。

「頂きまする」

弓香は寝間着の膝を揃え、湯気の立つ茶碗に手を伸ばす。

支える指は自然に締まり、背筋が綺麗（きれい）に伸びている。竜之介と同様に幼少の頃から取り組んできた剣術修行で身につけた、手の内と体の捌（さば）きであった。

「ああ、美味（おい）しい……」

目覚めの一服を飲み乾し、弓香は満足そうに呟いた。

竜之介が煎じる茶は同役の小姓たちのみならず、将軍の家斉も御気に入り。それを起き抜けに楽しめるのは奥方なればこその特権だが、毎朝欠かさずに供して貰えるわけではない。

風見家の婿として代々の職である小納戸を一年勤め、この春に御役替えとなった奥小姓は千代田の御城の中奥に詰め、将軍の身の回りの世話をするのが役目。

定員の三十名が二つの組に分けられ、十五名ずつ出仕する刻限は朝四つ半――午前十一時と遅いが夜は泊まりで、翌日の同じ時刻に次の当番が登城するのを待ち、引き継ぎを済ませるまでは下城できない。

弓香が竜之介と寝起きを共にできるのは二日に一度。

決まって寝坊をするのは産前産後に慎み過ぎた反動なのか、竜之介に進んで求めずにはいられない、房事の激しさゆえのことでもあった。

「そろそろ腹が空いたようだ」

「まことですね」

「あぶぅ」

弓香は笑顔で虎和を抱き上げた。

「これ、急いてはなりませぬ」

両手をばたつかせる赤子を落ち着かせ、揃えた膝の上に立たせる。

乳を飲ませた後でげっぷをさせるのに欠かせぬ手ぬぐいを、あらかじめ肩に掛けておくのも忘れない。

寝間着の胸元をくつろげると、たちまち虎和は吸いついた。

「んく、んく」

「ふふ」

旺盛な食欲を発揮する我が子を見守り、弓香は微笑む。

男勝(まさ)りの女剣客も、すっかり母親らしくなった。

乳やりは夫といえども立ち入れぬ、母と子だけのひと時だ。

竜之介は邪魔をすることなく、煎じ終えた茶葉を片づける。

まだ登城まで時間の余裕は十分にある。

今朝も夫婦水入らずで朝餉(あさげ)を摂り、食後の茶を振る舞うこともできそうだった。

二

竜之介は朝餉を終え、出仕の支度に取りかかった。

熨斗目(のしめ)の着物に青い肩衣(かたぎぬ)を重ね、揃いの生地で仕立てた半袴(はんばかま)を穿(は)く。

着替えを手伝うのは弓香である。

「お前様、どうぞ」

「うむ、かたじけない」

着替える際に外した脇差を帯前に差し、竜之介は夫婦の私室を後にする。

廊下を渡り、独り向かった先は隠居部屋。

義父の多門(たもん)は娘夫婦より先に朝餉を済ませ、食休みがてら棋譜(きふ)を拡げていた。

「お早うございまする、義父上(ちちうえ)」

「婿殿か。お早う」

笑顔で挨拶を返す風見家の先代当主は、還暦(かんれき)を過ぎて久しい七十一歳である。

一昨年の年明けに竜之介を婿に迎えるまで、小納戸一筋五十年。

楽隠居となった今も六十そこそこにしか見えないほど若々しいが、その顔立ちは美形とは言い難く、鼻こそ高いが目の小さい、全体的に剽軽(ひょうきん)な造作をしている。

弓香のきりっと凜々(りり)しい顔立ちは、早くに亡くなった母親似とのことだった。

「虎は機嫌ようしておるかの？」

「はい。独りで座ろうと励んでおりました」

「ふふ、もう寝返りだけでは物足りんのじゃろ」

「子が育つのは早きものでございまするな」

「思い起こせば弓香も左様であったよ。楽しくもあり、寂しくもあることじゃ」

小さな目を細めて微笑む多門は、子煩悩（こぼんのう）ならぬ孫煩悩。暇さえあれば娘夫婦の部屋に足を運び、虎和を抱いて過ごすのが常だった。

とはいえ、ただの親馬鹿——いや、祖父（じじ）馬鹿ではない。

「時に婿殿、昨夜も帰りが遅かったの」

好々爺然とした笑みを引っ込め、多門は竜之介に問いかけた。

「相すみませぬ。先生……但馬守（たじまのかみ）様ご直々（じきじき）のお稽古が、少々長引きましたゆえ」

「まことかな?」

口調こそ変わらず穏やかだが、黒目勝ちの目が放つ光は鋭い。

それもそのはずである。

現役だった当時の多門は、槍の風見と異名を取った強者（つわもの）。

小納戸は各自の特技を活かして御奉公をする。

御膳番が食に関する知識と経験に詳しく、御髪番（おぐしばん）が剃刀と元結（もとゆい）の扱いが巧みであるのと同様に多門は優れた武術の技量を以て、歴代の将軍に仕えてきた身。

小納戸は将軍の身の回りの世話を焼くと同時に、警固役を兼ねている。

将軍が大奥渡りをせずに中奥で就寝する際、小姓が同じ部屋の内、小納戸が部屋の外で不寝番を務めるのは夜間に厠へ行くのに付き添うだけではなく、曲者が侵入した場合に備えてのことだ。

日中も警戒を怠らず、番士の到着が間に合わなければ賊を制圧し、危険が及ぶのを防がなくてはならない。

家重に家治、そして家斉と三代に亘る将軍たちに仕えた多門は、家重の実の父親で武芸に秀でた吉宗にも認められた腕利きだ。

その多門の眼鏡に適い、竜之介は風見家に迎えられた。

婿として申し分ないだけではなく、必ずや将軍家の御役に立つと見込まれた。

それほどの信頼を竜之介に預けたがゆえ、様子がおかしければ多門は問い詰めずにいられない。

「偽りを申すはわしよりも但馬守様に失礼じゃぞ、婿殿」

「……………」

「図星かな」

黙り込んだ竜之介に、多門は重ねて問いかけた。

「婿殿は格別のお計らいで柳生のご門下に戻ることが叶うた身。まことに但馬守様に教えを乞うためならば毎度下城して早々に出かけたところで一向に構うまい。されど言い訳の種に致すとは、不実が過ぎるのう」

「申し訳ありませぬ」

耐えかねた様子で、竜之介は頭を下げた。

「わしには謝らずともよい。おぬしの外出、御下命あってのことなんじゃろ」

「……命が下ってのことには、違いありませぬ」

ずばりと指摘されながら、なおも竜之介は言葉を濁した。

竜之介の口が堅いのは元より多門も承知の上。

これ以上は追及しても無駄だろう。

「行って参りまする」

多門に再び一礼し、竜之介は腰を上げた。

膝立ちになって敷居を越え、そっと隠居部屋の障子を閉める。

「御下命ではなく、ただの下命……上様の御意には非ず、ということだな」

愛嬌のある顔を顰めて多門は呟く。

廊下を渡る足音が遠ざかるのを待った上のことだ。

「事もあろうに上様を差し置いて、当家の婿を遣い立てなさるとはのう。越中守様は相も変わらず、ご勝手が過ぎるようじゃ」

ぼやきながら多門は腰を上げた。

床の間に歩み寄り、違い棚の前に立つ。

深々と頭を下げた先には、漆塗りの箱が鎮座していた。

謹んで両手で捧げ持ち、そっと置いた位置は上座。

重ねて礼をした上で、多門は箱の蓋を取る。

現れたのはていねいに畳まれた、薄墨色の覆面である。

多門は無言で覆面を拡げると、額の垂れを捲り上げた。

垂れの下から現れたのは、三つ葉葵の紋所。

見紛うことなき将軍家の御家紋だ。

徳川宗家の当主のみに許された葵の御紋は、代によって蕊の数が異なる。

多門の古びた覆面に刺繍された、三つ葉葵の蕊は十三。

家重から家斉まで三代続く、共通の意匠であった。

「もうすぐ四十年か……わしも年を取る筈ぞ」

左門はしみじみと呟いた。

余人には知り得ぬ感慨を、古びた覆面を前にして独り噛み締めていた。

三

内玄関の定口(じょうぐち)から表を見ると、雨は小降りになっていた。

この程度の降りならば、合羽(かっぱ)も柄袋(つかぶくろ)も不要だろう。

「いってらっしゃいませ」

三つ指を突いて夫を送り出す、弓香の装束はお引きずり。風見の鬼姫と恐れられた独り身の頃には男装で通し、自分より強い殿御でなければ婿には迎えられぬ、と豪語して憚(はばか)らずにいた弓香だが、旗本の奥方らしい優雅な装いが板に付いて久しい。

「行って参る」

竜之介は言葉少なに答えると、弓香から渡された刀を左腰に帯びた。

生来の利き手を活かすのならば逆に帯刀すべきだが、それは許されぬことである。

左利きの子が矯正されるのは、武家に限った話ではない。家運を左前——落ち目にすると見なし、強(し)いて右利きに直すのは庶民も同じだった。

しかし家を重んじるのは、何と言っても武士と農民。

神君家康公が戦国乱世を鎮め、徳川の天下となって間もなく二百年。全ての武士は関ヶ原の戦いと大坂の陣を経て定められた職分に則し、それぞれの家の格に応じた禄を食んで暮らしてきた。

八代吉宗公が始めさせた足高の制によって能力給が認められ、抜擢された御役目を務める間は加増される習いとなって久しいものの、全ての武士は大名から足軽に至るまで、家代々の禄で生計を立てている。

その家禄の源として米を作ることを生業とする農民も、先祖伝来の土地がなければ生きてはいけない。

家運が傾き、禄と田畑を失うことは、武士と農民にとっては命取り。才覚と努力によって出直しがきく商人や職人と違って、立場を取り戻すのは難しい。

竜之介は元の姓を田沼という。

老中職を罷免され、失意の内に病で果てた田沼意次は、亡き父の兄である。

意次の父親で竜之介の祖父に当たる意行は紀州藩の足軽の倅だったが、八代将軍となる前の吉宗公に見出されて紀州徳川の藩士、更には将軍家御直参の旗本にまで取り立てられた果報者。

その跡継ぎとして江戸で生まれた意次は更なる出世を重ね、六百石の旗本から五万七千石の大名に成り上がった。

小姓を振り出しに老中となり、得た権力を盤石とするために嫡男の意知を後継者にすべく若年寄に取り立てる一方、日陰の身であった竜之介の父——意行が手をつけた女中の生んだ末弟を旗本にし、奥右筆の職に就けてやるのが雑作もないほどの権力を誇ったものだ。

一家の大恩人である、伯父の家運を傾けてはなるまい。

その一念で竜之介は右利きに改めながらも、生来の利き手である左手で武具を捌く腕を秘かに磨いてきた。

竜之介の隠し技は、今も進歩を続けている。

なればこそ未知の強敵に反撃し、退けることもできたのだ。

従兄弟の意知が御城中で落命して田沼家の威光が凋落の兆しを見せ、後継者を喪いながらも幕政改革に奮闘し続けた意次が失脚した時は剣の技を磨くどころか、生きる希望も絶えたものだったが図らずも弓香、そして多門と知り合い、風見家の婿に迎えられたおかげで立ち直った。

刀に槍、弓鉄砲と右利きであることが前提の得物を使いこなし、柔術も得意とする竜之介だが、最も得手とするのはやはり剣術。

その強さは天与の才とたゆまぬ努力に加え、本来は左利きであることに、いまだ裏付けられている。

刀は左手を主、右手を従とする武具だ。

柄を握る位置こそ右手が前だが操作する上では脇役であり、振り抜き過ぎないように制御するのが役目。脇差で小太刀の術を用いる際は片手で足りるが、刃長が二尺を超える刀は両手でなければ扱えない。

斬るのに欠かせぬ遠心力を生み出すのも、突く際の支点となるのも、全ては左手の役目なのだ。

とはいえ、右利きが左手を自在に操るのは容易なことではない。

剣術を学び始めの頃は自ずと利き手に頼りがちだが、これは右手勝りと嫌われ、正しい刀の使い方に反すると見なされる。

泰平の世の武士にとって最も身近な武具でありながら、扱うのが難しい。

そんな刀を竜之介は得意な打物、すなわち得物としているのだ。

武家の禁忌である、左利きを活かした秘剣。

その尋常ならざる腕前に、さる人物が目を付けた。

葵の御紋が刺繡された覆面は、徳川の天下に仇なす輩を人知れず討ち果たす、影の御用を仰せつかった身の証し。

小納戸もしくは小姓の中から適任の者を選び出し、任命するのは時の将軍。与える覆面に三つ葉葵を刺繡するのは将軍の正室である、御台所の役目だ。

影の御用を始めさせた家重から家治、家斉と受け継がれた十三蕊の御家紋は、将軍家の威光の下に成敗すると、討つ相手に知らしめるためのものである。みだりに人目に触れさせることは許されない。

普段は額の垂れで隠す造りとなっているのも、それゆえだ。御三卿の一橋徳川家から将軍宗家へ養子に入った家斉は当初、祖父に当たる家重が始めた秘事を知らなかった。

それを教え、御当代では竜之介が適任と勧めたのは松平越中守定信。

失脚した意次に取って代わり、老中首座と将軍補佐を兼ねるに至った定信はいまや奥勤めを兼任し、将軍の政務と暮らしの場である中奥を取り仕切る身。

役職を抜きにしても白河十一万石を治める大名であり、生まれは家斉と同じ御三卿の田安徳川家。実の父は吉宗の次男だった徳川宗武だ。

五百石取りの旗本、それも婿の竜之介が逆らえる相手ではない。

敬愛する伯父の立場を奪い、失意の内に果てさせた男であろうとも——。

四

小降りになった空の下、行く手に大手御門が見えてきた。

「勘六（かんろく）、もう良い」

「へいっ」

竜之介の命（めい）を受け、中間（ちゅうげん）の勘六は馬上に差しかけていた長柄傘（ながえがさ）を閉じた。

合わせて前に進み出たのは、押（おさえ）を務める足軽の島田権平（しまだごんぺい）。

無言の合図を受け、供の一行は歩みを止めた。

旗本は幕府の軍役規定に従い、石高に応じて決められた数の家来を召し抱えることを義務づけられる。

風見家に仕えているのは侍二人と足軽一人、中間が八人。

家禄の三百石だけならば侍一人に足軽及び中間が六人で事足りるが、風見家の当主が代々務めてきた小納戸は五百石高の役職。足高の二百石を受給する代わりに、抱えなくてはならない家来の数も多くなる。

この春に竜之介が抜擢された小姓も五百石の職であり、多門から引き継いだ十一人を変わることなく召し抱えていた。

登城の供は侍と足軽が各一人、中間が六人だ。

「殿様、どうぞ」

竜之介が馬から降り立つと、草履取りの参三が持参の番傘を広げる。

ぬかるみに足を取られることなく、竜之介は歩き出した。

後に続くは傘を差しかける参三と、着替えを収めた挟み箱を持つ瓜五のみ。

槍持ちの鉄二と長柄傘持ちの勘六は無言で一礼し、踵を返す。竜之介の愛馬の疾風は新入り中間で双子の左吉と右吉が、両側から轡を取って連れていく。

供侍を務めた用人の松井彦馬も竜之介を見送ると、権平と共に引き上げた。

御城勤めの大名や旗本御家人のお供は大手御門前に設けられた小屋に入り、あるじが出てくるのを待つのが習いだが、それは殆どの者が午前の早い時間に出仕し、八つ刻――午後二時頃には帰宅できるがゆえのこと。小姓や小納戸のように登城の時間が遅く、宿直を伴う場合、御門内への同行を許された草履取りと挟み箱持ち以外は先に屋敷へ帰し、翌日に改めて迎えに来させる。

「ちょいと雨足が強くなってきやしたねぇ、参三兄い」

「文句を言うない。水も滴る何とやらって言うだろ」

「お生憎様。色男なのは生まれつきでござんすよ」

参三と瓜五は軽口を叩き合いながらも、声を潜めることを忘れていない。

雨の中、それも遅めの登城で人気が少ないとはいえ、御門内の各所では番士が目を光らせている。

下手を打って睨まれ、あるじに恥を搔かせるわけにはいくまい。


勢いを増した雨の中、主従は本丸御殿に到着した。

本丸御殿の出入口は玄関と通用口に分かれており、無役の大名は玄関を、役付きの大名と旗本及び御家人の諸役人は、通用口をそれぞれ用いた。

竜之介の主従が潜ったのは、同じ通用口でも下手にある諸役人用の中の口。老中をはじめとする幕閣のお歴々は、上手の老中口こと納戸口から出入りをする。

これらの通用口の先には役職ごとに下部屋が設けられ、登城した全員が顔を揃えた上で、それぞれの職場に向かうのだ。

小姓の下部屋は、今日も竜之介が一番乗り。

「へへっ、どんなもんだい」

「兄いが自慢することじゃねぇでしょう。ご立派なのはうちの殿様のお心がけでさ」

得意げにうそぶく参三に呆れながらも、瓜五は挟み箱の雨除けを外して蓋を開く。

「俺にも手伝わせな、色男」

すかさず参三も手を伸ばした。

替えの肩衣と半袴を二人して用意するだけではなく、竜之介の熨斗目にまで染みた水滴を拭き取る手つきも甲斐甲斐しい。

手慣れた中間たちの世話になり、竜之介は速やかに着替えを済ませた。

足袋は男女共に白が武家の習いだが、三月の末日を過ぎると九月十日の衣更えまで用いぬため、御城中でも裸足のままで差し支えない。

「雨中に大儀であったな。そなたらも屋敷に戻りて休むが良い」

「へい、御役目ご苦労様でございやす」

「失礼致しやす、殿様」

労をねぎらう竜之介に頭を下げ、参三と瓜五は退出する。

入れ替わりに、小姓頭取の金井頼母が姿を見せた。

「お早うございまする、頭取様」

「おお風見か。いつもながら感心だの」

「恐れ入りまする」

「いや、いや、心がけが良くなくば続かぬことじゃ」

恐縮する竜之介に微笑む頼母は、当年取って六十七歳。

今を去ること五十年前、家重付きの小姓として中奥に出仕を始めた当時は紅顔の美少年と大奥でも評判を取ったそうだが齢を重ねて痩せ細り、膝の痛みに悩まされる身の上だ。

永の勤めの労が報われ、小姓を統率する頭取の一人に任じられたものの特に秀でたところはなく、人の良さだけが取り柄と見なされていた。

そんな頼母を配下の小姓たちは軽んじるが、竜之介は無能者とは思わない。

将軍の御座所がある中奥の勤めは一瞬たりとも気が抜けず、特に小姓は御側近くに仕える立場上、些細な落ち度が命取り。

部屋住みの次男や三男が小姓に適任と言われるのは、いつ勘気を被って御手討ちにされ、家名を絶やすか分からぬからだ。

将軍が激昂して刀を抜いた例など皆無に等しく、若いがゆえに血の気の多い家斉も二年前に十五歳で将軍職に就いて以来そこまで怒ったことはないものの、絶対にあり得ぬこととは言いきれない。

もしも家斉が怒りで我を見失い、御手討ちに及ばんとした時に、波風を立てることなく止めるのに適任なのは竜之介、あるいは小姓仲間の水野忠成といった腕の立つ者ではなく頼母のような、温厚にして実直な人物だ。

竜之介は忠成ともども腕を見込まれ、家斉が愛好する剣術の稽古や打毬の御相手を申し付けられるのが常である。

亀の甲より年の劫。そう思えば、無下にできる筈がない。

「失礼を致しまする」

断りを入れた上で、竜之介は懐から手ぬぐいを取り出した。

肩衣と半袴を脱いだ頼母に寄り添い、熨斗目に染みた水滴を拭き取っていく。

「これ風見、左様なことまでせずとも良いと、いつも申しておるであろう？」

「相すみませんなぁ。うちの殿様はええご配下をお持ちじゃ」

当惑しきりの頼母に構わず微笑んだのは、金井家に仕える挟み箱持ち。あるじ以上に老いており、怠け者ではないが動きが鈍い。見かねた竜之介は梅雨入り以来、頼母の介助を進んで行うように心がけていた。

「殿様ぁ、お若い方のご好意は黙って受けなさるもんでございやすよ」

着替えを取り出す挟み箱持ちを手伝いながら言ったのは、同じ白髪頭の草履取り。

「うむ……かたじけない」

二人の老僕が笑顔で見守る中、頼母は訥々（とつとつ）と竜之介に礼を述べた。

五

下部屋で顔を揃えた当番の小姓衆は頼母に引率されて、中奥へ向かった。

刀は下部屋に保管し、脇差のみを帯びていた。

本丸御殿は表に中奥、そして大奥と三つに分けられている。

玄関と直結する表には諸役人の執務する用部屋が連なる一方、定例の登城日である月次御礼（つきなみおんれい）や幕府の儀式に用いられるのが、大名と御目見（おめみえ）以上の旗本が将軍に謁見する大広間と書院。

月次御礼は毎月一日と十五日、二十八日が基本とされ、儀式を催す月はその日程が優先される。六月は十六日の嘉祥（かしょう）に登城して、将軍が直々（じきじき）に振る舞う菓子を頂戴するのが習わしだ。

まだ十日を過ぎたばかりとあって大名は御城中には姿を見せず、昼前の表に詰めているのは御用に勤（いそ）しむ役人ばかり。

用部屋が連なる廊下を、小姓衆は黙々と渡り行く。

行く手に上(かみ)の錠口(じょうぐち)が見えてきた。

表と中奥を繋ぐ出入口の杉戸には頑丈な錠前が設置され、番士が朝昼晩の三交替で目を光らせている。警戒の厳しさは男子禁制の大奥ほどではないものの、御目見以下の役人は元より通行を許されない。

「御役目ご苦労様にございまする」

「うむ、大儀(たいぎ)」

番士に挨拶を返した頼母を先頭に、小姓衆は錠口の敷居を越えた。

奥が西、手前が東にあたる中奥は御座(ござ)の間に御休息の間、御小(お)座敷に御用の間と、将軍が御座所とする四つの部屋を中心に構成される。

入口近くに役職ごとの控えの間が設けられ、大廊下を渡った先には老中の御用部屋に若年寄の下御用部屋と、役目の上で将軍と日々接するお歴々の執務室がある。

同じ幕閣でも町奉行と勘定奉行、寺社奉行に大目付、作事(さくじ)奉行に普請(ふしん)奉行、奏者番(そうじゃばん)に留守居(るすい)は中奥に常駐するわけではないため専用の御用部屋を与えられず、中の間の一室を共に用いる。朝廷の使者を迎える儀式を司(つかさど)り、将軍と大名旗本に作法を教える高家(こうけ)といえども例外ではなかった。

出仕した小姓衆がまず足を運んだのは、東の二階に設けられた控えの間。

休憩所を兼ねる座敷には誰もいなかった。

昨日からの当番である十五名が引き継ぎをしに戻るのは、家斉が午前の日課の締めと定めた、剣術の稽古が終いになった後のこと。

今日も家斉は将軍家剣術指南役である柳生但馬守俊則の立ち会いの下、まだ稽古に熱中している頃合いだ。

将軍の我がまま勝手で引き継ぎが刻限ぎりぎりになるのは困ったことだが臣下の身では文句も言えず、黙って待機するより他にない。

「皆、みだりに席を外すでないぞ」

頼母は配下の一同に告げ置き、控えの間から出て行った。

「老いぼれめ、言うた端からいなくなりおったぞ」

「例によって厠であろう。年寄りは小便が近いゆえ」

「捨て置け、捨て置け」

呆れ顔で囁き合うのは岩井俊作に高山英太、安田雄平。いずれも家督を継げぬ部屋住みながら大身旗本の子弟で、足下がおぼつかぬ身となりながら隠居をしない上役を日頃から軽んじていた。

「浅ましい限りだな。武士たる者、ああはなりたくないわ」

恰幅の良い俊作が不快げに眉を顰めれば、

「まことだのう」

ひょろりと上背の高い英太が頷き、

「左様、左様」

英太に増して細身で華奢な雄平が、肩をすくめる。

頼母が頭取にのみ与えられる、年に百両の役料を受け取りたいがゆえに御役御免を願い出ずにいるのを知ってのことだ。

幾千石の旗本の家に生まれ、乳母日傘で育てられた俊作らの目には浅ましいと映るのかもしれないが、金井家の家禄は三百石。

跡継ぎに恵まれず、老いた奥方と家来を自ら養うためには、現役である間だけ支給される二百石の足高も必要に違いない――。

三人の陰口が止まぬ中、竜之介は黙って湯が沸くのを待っていた。

竜之介は出仕の際、中奥に頭陀袋を持ち込むのが常だった。

瓜五が担ぐ挟み箱に忍ばせて持参する袋の中身は大小の急須に小ぶりの碗、屋外で湯を沸かすことができる携帯用のたたみこんろ、かさばらずに日持ちのする、ぼうろやあられといった干菓子を満たした器。

敬愛する伯父の意次が失脚して田沼の家の運が傾き、両親も心労の末に果てて絶望した竜之介が屋敷を離れ、流浪(るろう)の日々を送っていた頃に知り合った老人が茶を煎じる技術と共に授けてくれたものである。

大きな急須で沸いた湯が、三つの碗に注ぎ分けられた。

程よい加減となった湯を小さな急須に集め、茶葉を投じて煎じる。

「おお、良き香りだ」

「流石(さすが)は風見、気が利くな」

漂う芳香を嗅いだ途端、俊作と英太が竜之介に向き直った。

「うむ、やはり落ち着くわ」

雄平はいち早く、湯気の立つ茶を堪能している。

「これ安田、抜け駆けを致すでない！」

「頂戴するぞ、風見っ」

俊作と英太は先を争い、残る二つの碗に手を伸ばした。

登城した者に湯茶を供するのは本来、茶坊主の役目である。

頭を丸めた僧形で登城し、表と中奥を行き来することを許された坊主衆は茶の道に通暁(つうぎょう)した身。作法に則して濃茶と薄茶を立てるのはもちろん、手軽な煎じ茶も達者に淹れてくれるが、御城中では八つ刻に風炉の火を落とすため、以降の時間は一切の茶が飲めなくなる。不慮の出火を防ぐためでもあるとはいえ、不便なことだった。

そこで物を言うのが、竜之介のたたみこんろだ。

老中首座と将軍補佐に加えて奥勤めまで兼任し、中奥の風紀に厳しく目を光らせる松平定信が使用を黙認したのは、一度に沸かす湯量が少なく、火事を起こす危険性も低いがゆえのこと。小姓仲間にだけ供していれば早々に禁じた筈だが、他ならぬ家斉に気に入られ、竜之介が当番の日は午後のみならず朝から所望するとあっては、口を出せない。

「うむ、うむ、美味いのう」

「この西洋菓子も良き味だ」

「俺はあられがいいな。次の当番の折には頼むぞ、風見」

俊作らは嬉々として、竜之介の茶と干菓子を味わう。頼母に陰口を叩いていた時の意地の悪い表情から一変し、三人とも気のいい顔になっていた。

「心得ました、安田殿」

雄平のおねだりを、竜之介は笑顔で請け合う。

「風見」

そこに割り込む声が聞こえた。

力強くも落ち着きのある、年の功に裏打ちされた声だ。

「それがしにご用でございまするか、弾正大弼様」

「越中守様がご一服なされたいとの仰せじゃ。上様の御稽古が終いになられる前にと申されておる。疾くお持ち致せ」

控えの間の敷居際から竜之介に命じたのは、側用人の本多忠籌だった。

陸奥泉一万五千石の当主にして弾正大弼の官名を冠する忠籌は六十歳。

十五の若さで家督を継いで以来、長らく無役の一大名だったが一昨年に若年寄に登用され、昨年の二月に家斉の側用人を拝命。有為の人材と見込んで抜擢した定信の指揮の下、質素倹約と士風矯正を旨とする幕政改革に携わっている。

「承知つかまつりました」

竜之介は一礼して柄杓を取り、湯沸かし用の大きな急須に水を汲む。

御側御用取次と共に御座の間の続きに御用部屋を与えられ、御意を伝達する役目を担う側用人は本来ならば将軍の側近中の側近として、老中を凌ぐ実権を持つ役職。

しかし忠籌は定信に「信友」と見込まれ、異例の抜擢をされた身だ。

何であれ逆らうわけにいかず、こうして使い走りのようなことをさせられても周囲から不自然とは思われない。それでいて誰にも軽んじられぬのは、齢を重ねることで培った、老練の貫禄を備えていればこそである。

「弾正大弼様もお気の毒だな。親子ほど年の離れた越中守様のお使いとは……」

「しっ、声が大きいぞ」

思わず呟く俊作の口を、英太は慌てて塞いだ。

雄平も肩をすくめることなく、乾した茶碗を無言で置く。

居合わせた他の小姓たちも口を閉ざし、揃って神妙な面持ち。

沈黙の中、敷居際の忠篝は、じっと竜之介の手許に視線を向ける。

沸いた湯を碗に取り、急須に注いで茶葉を投じる手つきは、いつもながら澱みがない。実は左利きとは信じ難い、流れる水のごとく自然な所作であった。

六

先を行く忠篝の後に続き、竜之介は茶托に載せた碗を運んでいく。

定信が茶を所望したと装って呼び出した理由は、既に察しがついていた。

竜之介が窮地を救った堀田摂津守正敦は、定信に抜擢された逸材の一人だ。

大番頭は幕府の上級武官にとどまらず、更なる出世の登竜門（とうりゅうもん）。いずれ定信は若年寄に登用するつもりらしい。

そこまで見込んだ逸材が夜毎に屋敷を抜け出し、その隙を衝（つ）いた曲者が命を狙っていると発覚したのは、定信が江戸市中に放った間者（かんじゃ）の知らせ。

定信はかねてより多くの間者を使役している。

田安徳川家の若君だった頃からの側近である水野為長（みずのためなが）ら家中の士に命じ、幕政改革に対する町人の反応、そして自身が登用した大名と旗本の素行と行状を調べるだけにとどまらず、婿入りした久松松平家と先祖を同じくする伊勢桑名（いせくわな）藩を頼り、幕臣から同藩の家老に転じた服部（はっとり）家の力まで借りていた。

半蔵（はんぞう）の名を代々受け継ぐ服部家は、二代目の正成（まさなり）が神君家康公の下で数々の武功を立て、その名を千代田の御城の門に遺すほどの恩顧を受けたが、三代目の正就（まさなり）が配下の伊賀同心の離反によって失脚し、弟で四代目を継いだ正重（まさしげ）も改易されて立場を失うも桑名藩に召し抱えられ、重く用いられるに至って久しい。

忠実な多くの家士に服部家まで擁する定信が竜之介を頼ったのは、正敦を狙う勢力に対抗し得る、腕利きの手駒を持っていないがゆえのこと。

忍びの頭領として名高い服部家はいまだ探索にこそ秀でているが、腕の立つ刺客に立ち向かえる手練はおらず、為長ら家中の士も武芸の技量は並の域。不得手な荒事を強いて命じ、返り討ちにされては元も子もないだろう。

さりとて将軍直属の御庭番衆を動かせば即座に家斉に報告されるし、正敦の配下に属する大番の武官たちにも事実は明かせまい。

大番は、泰平の世でも武勇に優れた旗本たちで構成されている。

有事に備えた軍団としては頼もしいことだが組風と言われる風紀が悪く、定信としては頭の痛いところであった。

正敦を大番頭に抜擢したのは武芸のみならず学問に優れ、人に教えるのも上手であるがゆえのこと。

その働きぶりは周囲の期待以上。

人材の評価が厳しい定信も、認めているに違いない。

なればこそ、正敦を死なせるわけにはいかぬのだ——。

定信は御用部屋で、竜之介が来るのを待っていた。

「ご所望の粗茶にございまする」

敷居を越えた竜之介は膝を揃え、定信の前に茶托を置いた。

「芝居はもうよい。そこに直れ」

供されたのを一瞥（いちべつ）もせず、定信は竜之介を促した。常のごとく厳（いか）めしい、平家蟹（へいけがに）の甲羅を思わせる面持ちであった。

昼も間近の御用部屋には、若い老中の松平伊豆守信明（いずのかみのぶあきら）も同席していた。

「越中守様、ご下問は一服なされてからでもよろしいのでは……」

「元よりただの口実じゃ。いらぬ」

定信は言下（げんか）に答えるや、じろりと信明を睨みつけた。

「も、申し訳ありませぬ」

気を遣ったのが裏目に出た信明は、思わず肩を震わせる。

「されば越中守様、拙者が頂戴しても構いませぬかな」

忠籌がさりげなく問いかけた。

「好きに致せ、弾正」

「かたじけのうござる」

忠籌は遠慮なく手を伸ばし、一息に茶碗を乾した。

それに構わず、定信は竜之介に視線を戻す。

「風見、昨夜の首尾を聞かせよ」

「ははっ」

竜之介は折り目正しく一礼し、話を始めた。

「摂津守が襲われただと……」

話が核心に入った途端、定信は目を剝いた。

竜之介に影の警固をさせたのは、昨夜が三度目のことである。

前の二回は何事もなかっただけに、流石の定信も動揺を隠せない。

「して、刺客の頭数は？」

「五人にございまする。四人はいずれかの家中の士と見受けましたが、いま一人は浪人態の、手強き相手にございました」

「そのほうでも手に余るほどだったのか」

「我流と思しき二刀流の遣い手なれば、それがしも弓手で抜いた脇差を以て攻めを防がざるを得ず……面目なきことにございまする」

武士は古来より右手を馬手、左手を弓手と呼ぶ。右利きならば馬の手綱を取るのは右手、弓を取るのは左手だからだ。

「切り抜けられて幸いだったの」

取りなすように忠篤が口を挟んだ。

「摂津守は無事なのだな」

構うことなく、定信は問う。

「は」

竜之介は言葉少なに答えた。

「ならばよい」

頷く定信に、もはや動揺の色はない。

ひとまず危機が去ったと聞き、安心したのだろう。

その安堵に水を差すのを躊躇(ためら)いながらも、竜之介は言った。

「あの、越中守様」

「何だ風見、はきと申せ」

「……件(くだん)の浪人を制する際、不覚にも覆面が外れ申した」

「まことか」

定信は再び目を剝いた。

「摂津守様に落ち延びて頂く隙を衝かれてのことにございまする」

「されば刺客のみならず、摂津守にも顔を見られたと申すのか？」

「面目次第もありませぬ」

「たわけ」

定信が竜之介を叱りつけた。

「そのほうに命じた影の警固は摂津守の与り知らぬこと。己から素性を晒して何とするのだ、愚か者めが」

「落ち着いてくだされ、越中守様」

信明が慌てて定信を取りなした。

「昨夜は雨が上がっていたとは申せど三日月夜。近間にて刃を交えし浪人とやらはともかく、摂津守殿に見て取れるわけがございますまい」

「甘いぞ、伊豆守」

定信は即座に言った。

「おぬしは存ぜぬだろうが、摂津守は大層な目利きなのだ」

「目利き、にございまするか？」

「あやつは天然自然の諸物、とりわけ鳥を見分けることに秀でておる。蕊の数で九代様か十代様、さもなくば御当代の上様の紋所と気づいた筈だ……」

定信は激昂しながらも細やかに、信明に説明する。

その怒りと焦りは、まだ鎮まりそうになかった。

無理もあるまい。

正敦は定信が抜擢し、大番頭の御役に就かせたばかり。後ろ盾になった身としては不祥事を起こされては困るのだ。

さりとて有為と見込んだ人材を頭ごなしに叱りつけ、要らぬ不興（ふきよう）を買いたくはないのだろう。

「越中守様のご心配、ごもっともにございまする」

信明は定信に同調する一方、別のことも気になるらしい。

「風見、そのほうは弓手で浪人を制したと申しておったな」

「左様にございまする、伊豆守様」

「左手で刀を振るい、そやつと刃を交えたと？」

「脇差にございまする」

「どちらでもよい。そのほうが左利きと知られたことがまずいと言うておるのだ」

「伊豆守殿、それは考えすぎでござろう」

押し黙らされた竜之介に代わって、忠籌が信明に答えた。

「どういうことでござるか、弾正殿」

「摂津守様が見舞われし剣難は、お忍びの外出が災いしてのことにござる。襲われた事実は元より、救われたこともみだりに口外できますまい」

「風見の秘事は露見せずに済むと申されるのか」

「左様。まして葵の御紋を拝んだなどと、口走る筈がござるまい」

流石(さすが)は年の劫である。

納得した様子の信明から目を離すと、忠篤は定信に向き直った。

「宜(よろ)しゅうございまするか、越中守様」

「申せ」

「越中守様におかれましてはご直々に、お忍びの外出を控えるようにと摂津守様にご注意を願いまする」

「馬鹿を申すな、弾正」

「左様に申さず、お聞きくだされ」

忠篤は続けて言った。

「摂津守様は御公儀のみならず伊達(だて)様のご家中におかれましても大事なお方。たとえ我が子可愛さゆえであろうとも、軽はずみなお振る舞いをいつまでも看過(かんか)するわけに参りますまい」

「身共の考えが甘かったと申すのか」

「滅相もござらぬ。されど越中守様、せっかくの仏心が仇になってしもうては元も子もありませぬぞ。違いますかな」

じろりと見返す定信に、忠篤は臆さず進言する。

「む……」

定信は顔を顰めながらも言い返せない。

どうして正敦が夜毎に外出せずにはいられぬのか、事情を承知していたがゆえであった。

七

正敦は何事もなかったかのように登城し、大番頭の御用に勤しんでいた。

今日も中食を早々に済ませ、配下の猛者たちと屋外で槍術の鍛錬中。

「遅い！」

叱咤の声と共に正敦が繰り出したのは、穂まで樫の木で作られた槍だ。

激しい応酬を制して間合いを詰め、左足を踏み込みざま放った一突きは本身であれば鎧の胴ごと貫いて余りある勢い。寸止めにしなければ、あばら骨を砕いていたに違いない。腕自慢の猛者たちを相手取り、十人抜きを終えた後の立ち合いとは思えぬほどの体力と技の冴えであった。

「ま、参りましたっ」

敗れた配下は悪あがきをすることなく、深々と正敦に頭を下げた。六尺豊かで筋骨たくましい大男である。

「腕を上げたな。次の折には馬上にて立ち合うてつかわそう」

槍を納めた正敦は、笑顔で配下の労をねぎらう。

「心得申した。次こそ勝たせて頂きますぞ」

武骨な顔を綻ばせ、大男は答える。朋輩の一同が見守る中、上役と認めた相手に抱く敬意を露わにして憚らずにいた。

「……」

そんな光景を見届けると、定信は無言で踵を返した。

竜之介を御用部屋から退出させた後、秘かに正敦の様子を見に来たのである。

中奥に戻っていく足の運びが速いのは、目の当たりにした光景に驚きを覚えたがゆえのこと。

立ち合いに敗れた大男は正敦が着任するまで上役を馬鹿にして従わず、日頃の素行も甚だ悪かった。定信が呼び出しても平然と訓戒を受け流し、不遜な態度を改めずにいたものだ。

それがいまや、別人のごとく大人しい。

弓馬刀槍の腕前が確かな上に博識な新任の大番頭に、配下となった面々は一目も二目も置いている。元より得意な武芸の鍛錬に勤しむ一方、正敦が自ら教鞭をとる学問の講義も分かりやすいと好評で、配下の全員が皆勤していた。

定信が幕政改革の眼目とする士風矯正を正敦は無理なく実践し、早々に成果を出している。

二年目に入った定信の政策が当初の勢いを失いつつある中、これほどの逸材を無為に死なせるわけにはいかない。

是非はどうあれ護り抜き、御用に励ませなくてはなるまい――。

中奥に戻った定信は、忠籌と信明を再び御用部屋に呼び集めた。

「成る程、ご直々のお叱りを思いとどまられたのは賢明にございましたな」

「致し方あるまい。摂津守に表立った落ち度はないのだ」

二人に話を終えた定信は、忠籌の呟きに応じて言った。いつもの厳めしい表情を崩さずにいながらも、声は精彩を欠いていた。

「弾正大弼様」

取りなすように信明が口を挟んだ。

「ともあれ、影の警固は引き続き必要にございまするぞ。摂津守様を喪うことは上様のみならず、ご実家の伊達様にとっても大きな痛手。見殺しに致すわけには参りませぬ」

「されど伊豆守殿、もはや風見は使えませぬぞ。面ばかりか左手遣いの秘剣まで摂津守殿に見られた恐れがあるからには、大事を取らせるべきでござろう」

すかさず忠籌が指摘する。

「越中守様……風見に代わる手練にして、口の堅い者がおりましょうか？」

信明が問う声は不安な響き。定信が数多の間者を抱えていても、手練はいないと知っているのだ。

「……毒を食らわば皿まで、だの」

「越中守様？」

「風見の家にはいま一人、使える男がおる」

「それは、先代のことでございまするか」

唖然としながら、信明は問う。

傍らの忠篝も、驚きを隠せぬ面持ち。

「風見多門を急ぎ呼べ。身共が直々に話を致す」

二人に命じる定信の声は、いつもの威厳を取り戻していた。

八

多門が御堀端に着いたのは、ちょうど八つ時になった頃のことだった。

「千代田の御城を間近で拝ませて頂くのも久しいのう」

小雨に煙る城郭を御堀の向こうに臨み、多門は懐かしげに呟く。

久々に袖を通した熨斗目に肩衣と半袴を着け、合羽を重ねた姿。

駕籠も馬も用いずに、徒歩でここまで来たのである。

跡継ぎに家督を譲った隠居は軍役の規定を課せられず、お供も数を揃えるには及ばない。多門が屋敷を出る時に連れてきたのは、新入り中間の茂七のみ。

「あっしは初めてでございやすよ大殿様。流石は上様の御城ですねぇ……」

慣れぬ挟み箱を肩にしながら、感動を露わにする茂七は十七歳。

風見家が代々の所領とする信州(しんしゅう)の山村で生まれ育ち、左吉と右吉の兄弟と共に江戸に出てきた若者は、武士になることを目標としている。

折しも大手御門前では、二人の大名が下城するところであった。

「あっ、お大名の行列ですよ」

「うむ、あれは伊豆守様と弾正大弼様のお駕籠じゃな」

二人が乗り込む駕籠の家紋を見やり、多門は答える。

「お供が多うございやすね。お道具の数も半端じゃねぇや」

「それだけ費(つい)えもかかるのじゃ。上(うえ)つ方(かた)はご苦労の絶えぬものよ」

事もなげに答えると、多門は再び歩き出す。

「お待ちくだせぇ、大殿様」

茂七の先に立って向かう先は大手御門ではなく西の丸下。定信が白河藩の上屋敷と別に拝領し、西の丸様という異名(いみょう)の由来となった、老中首座の役宅であった。

体調不良と偽って下城した定信は、屋敷の奥の私室で多門を迎えた。

「風見多門、面を上げよ」

「ははっ」

「久しいの。顔を合わせるのは、そのほうが御役御免を願い出た折以来か」

「左様にございまする。越中守様におかれましてはお変わりなく……」

「型通りの口上はいらぬ」

挨拶を途中で遮り、定信は多門に問いかけた。

「そのほうの影の働きは聞いておるぞ。婿を助け、いまだ衰えを知らぬ腕を振るうておるそうだな」

「年寄りの冷や水にございまする」

答える多門は神妙な面持ち。

後に続く言葉は予期したとおりのものだった。

「その腕、身共に貸してくれぬか」

「越中守様に、でございまするか」

驚いた態を装い、多門は言った。

「そのほうらは御上意を奉じる身。元より筋違いは承知の上だ」

定信は構うことなく、淡々と告げてくる。

「されば、こたびのお話は上様の御存じなきことで？」

「左様。身共が一存だ」

「恐れながら、それは」

「筋違いは承知と申したであろう。御勘気を被る覚悟はできておる」

「そこまでのお覚悟で、それがしに何を致せと仰せにござるか」

「話を聞かば一蓮托生。後には戻れぬぞ」

「構いませぬよ、越中守様」

念を押すのに臆することなく、多門は答える。

定信が呼び出したのは竜之介に代わり、私事で多門を動かすこと。

予期したとおりの成り行きに乗せられるのは、覚悟の上の訪問であった。

「堀田摂津守正敦様……お生まれは伊達様の御家でございましたな」

警固をする相手の名を明かされ、多門は静かに呟いた。

「うむ。当代の伊達陸奥守殿は、腹違いの兄君だ」

「陸奥守様と申さば高い官位に就かれんがため、ご無理を通されたと仄聞しておりまする。その節は亡き主殿頭様も頼られて、大層なお力添えをなされたとか」

「……主殿頭様に聞いたのか、そのほう」

「いや、いや、ただの風聞にございまする」

気色ばんだ定信に、多門は持ち前のとぼけた態で答える。

「して越中守様、こたびの件で陸奥守様にはお力添えを頂けませぬのか。摂津守様が夜毎にお出でなさるのは、袖ヶ崎の下屋敷なのでございましょう」

「なればこそ、明かすわけには参らぬのだ」

「それはまた、何故にございますのか」

「無礼な上に察しも悪いか、そのほう」

遠慮のない問いかけに、定信は顔を顰めながらも応じた。

「袖ヶ崎の下屋敷は摂津守が伊達の家中であった頃に陸奥守様より与えられ、住まいおりしところだ。公にされてはおらぬが二人もおなごを囲い、子まで儲けておったと調べがついておる」

「その妾たちと、夜毎に忍び逢うておられると？」

「そういうことだ。一人は暇を出されたとの由だがいま一人、おいと申すおなごが残っておる」

「そのおいとさんが子供の母親でございまするか」

「うむ。常之丞と名づけたそうだ」

「そこまでお調べがついておられるのならば、ご直々に摂津守様をお叱りなされば事は済むのではありませぬか」

「察しが悪いのもいい加減にせよ。左様な真似を致さば摂津守の面目は丸潰れ。大番頭として得た評判も地に堕ちるわ」

「成る程、それは越中守様もお困りでございましょう」

「身共の体面などはどうでもよい。護らねばならぬのは、あやつの一命と立場じゃ」

平静を装って答える定信を、じっと多門は見返した。

しばしの間を置き、口を開く。

「そこまでお考えとあれば、もはや是非は申しますまい。不覚を取りし我が婿に成り代わりて摂津守様警固の儀、謹んでお引き受け致しまする」

「まことか」

「二言はございませぬ。お任せあれ」

とぼけた顔を引き締めて、多門は定信に頭を下げた。

竜之介は風見家にとって大事な婿だ。

可愛い娘と孫のためにも、ここは殊勝に振る舞うべきと心得ていた。

九

　茂七は玄関脇の小部屋の前で膝を揃え、じっと多門を待っていた。

「待たせたのう、茂七」

　廊下の向こうから、多門の声が聞こえてくる。

　いつもと変わらず親しみやすい、のんびりとした声と態度であった。

「大殿様、ご用事はお済みでございやすか」

「うむ」

「ずいぶんと長いお話でしたが、何ぞございましたので？」

「大事ない。婿殿の働きぶりについて、ちとお叱りを受けただけじゃ」

「お叱りって、うちの殿様にゃ落ち度なんかございやせんでしょうに……」

「案ずるには及ばんよ。ほれ」

　戸惑う茂七を促し、多門は小部屋から挟み箱を持って来させた。

「婿殿に落ち度がないことは、元より越中守様もご承知の上じゃ。されど奥勤めとい
うお立場なれば、あまねく目を光らせておることを回りに示さねばならん。わざわざ

呼び立てなすったのも、そのご体裁を取り繕うためじゃよ」

「左様でございやしたか。上つ方ってのはご苦労が多いんですね」

「そういうことじゃ。さ、参るぞ」

「へい」

安堵した様子で茂七は挟み箱を担ぎ上げる。

あらかじめ揃えてあった草履を履き、多門は玄関に背を向けた。

無礼と承知で茂七の問いかけに答えたのは身を潜め、様子を窺っていた定信の家来たちに聞かせるための芝居である。

「雨が上がりましたね、大殿様」

「おお、まことだのう」

平然と振る舞いながらも、内心は穏やかではない。

(これでは婿殿も苦労が絶えまい……越中守様はつくづく難儀なお方じゃのう)

なぜ竜之介が定信の命(めい)に逆らえなかったのか、多門は察しがついている。

竜之介の伯父である田沼意次は、定信にとって最大の敵だった。

御三卿の田安徳川家に生まれた定信は、早世した兄の治察(はるさと)に代わって十万石の家督を継ぐのみならず、先代将軍の家治の養子となって十一代将軍の座に就いていたかもしれない立場。

実家が一橋徳川家の家斉とは同格であるばかりか年上で、不慮の死を遂げた家基に成り代わり、徳川宗家の養嗣子となるに不足のない存在であったのだ。

意次はそれを妨害し、白河十一万石の久松松平家が定信を婿にと望んだのを幸いに家治の合意を取りつけ、御上意によって将軍家から遠ざけたのである。

家斉の実の父親で一橋徳川家の当主、定信にとっては従兄弟に当たる治済の指示があってのこととはいえ、定信が意次を恨んだのは当然だろう。

その恨みはいまだ尽きることを知らず、意次の孫で田沼の本家を継いだ意明は旧領の駿河沼津から陸奥下村に国替えをされた上、ずっと江戸に留め置かれている。

わずか一万石に削られたとはいえ、大名にとって領国は宝。領民を治めるためには二年一勤の原則に従い、定期的に帰国して、自ら政を行う配慮が不可欠だ。

自身も大名である定信は、この自明の理を元より承知の筈。

にもかかわらず意明を国許から遠ざけ、放っておかれた下村の民が困ると分かっていながら、名ばかりの大名とさせたままで憚らない。

(私怨が過ぎるにも程があろうに、困ったお方じゃ)

呆れ返りながらも多門が定信の命を受けたのは、己が責を取るべきと思えばこそ。

亡き家重から葵の御家紋入りの覆面を授けられた多門は、竜之介の義理の父であると同時に、影の御用の先輩。

後輩が不覚を取ったとなれば、後釜を引き受けるのは当然である。

本来の主君である家斉が与り知らぬことであろうと、見て見ぬ振りをするわけにはいくまい——。

「風見多門、久しいのう」

多門が声をかけられたのは、西の丸下から御堀端に出た時のことだった。

見れば白髪頭の武士が駕籠を降り、こちらに向かって歩いてくる。

杖を突きながら微笑む顔は、多門のよく知るものだった。

「これはこれは若狭守様、お懐かしゅうございまする」

「ははは、堅苦しい物言いはせずともよい」

親しげに告げる武士の名は、小笠原信喜。

七十二歳にして御側御用取次を務める信喜は七千石の大身旗本。吉宗に家重、家治に家斉と四代に亘る将軍に仕え、家重から御側御用取次に任じられるまで中奥で小姓たちを束ねる立場で、新入りの小納戸だった頃に目を掛けていた多門の跡継ぎである竜之介にも、何かと気を配ってくれていた。

「おぬしの婿はようやっておるぞ。願わくば拙宅でも茶を馳走になりたいものじゃ」

「恐れ入りまする。それにしても今時分にお帰りとは、常より遅うございまするな」

自慢の婿を褒める言葉に礼を述べ、多門はさりげなく問いかけた。

「大事ない。越中守様が急にお帰りになられたゆえ、ちと御用繁多だっただけじゃ」

「左様にございましたか……」

原因が竜之介とは、口には出せぬ多門であった。

弓の名手の信喜は家重に仕えていた当時、多門と共に葵の覆面を授けられる候補に挙げられたものの、家重の御前で多門との立ち合いに敗れ、密命を奉じる立場となるには至らなかった過去を持つ。

「おぬしは変わらず壮健だのう。槍の風見と謳われし腕も落ちてはおるまい」

「滅相もありませぬ。若狭守様こそ、相も変わらずお達者で……」

「世辞は止せ。身共の弓など、いまは鏑矢を射るのが精々じゃよ」

苦笑いする信喜は去る三月二十五日に家斉の第一子として淑姫が誕生したのを祝う蟇目役を命じられ、魔を祓う弓を射る大任を果たした身。その腕前は武芸好みの家斉も認めており、過日に鷹狩りの供を務めた折には御前でも杖を突いて差し支えないという特権まで与えられていた。

「能ある者は多く労すというが、身共はもはや用済みじゃ。されど、おぬしは違うであろう」

何かを察した様子で、信喜は問う。

「若狭守様……」

多門は多くを語れない。

しかし、思うところは伝わったらしい。

「皆まで申すな」

信喜は微笑み交じりに言った。

ほころばせた口元を引き締め、じっと多門の目を見つめる。

「武士たる者、元より忠義は大事なれども命あっての物種ぞ。くれぐれも無理は致すでないぞ」

「痛み入りまする」

「邪魔を致したの。さらばじゃ」

飄々(ひょうひょう)と告げ、信喜は踵を返す。

「大した貫禄のお方でござぃやすね」

多門と共に見送りながら、茂七が感じ入った面持ちで呟いた。

十

小川町(おがわまち)に戻った多門は、日が暮れる前に屋敷を抜け出すことにした。

いつもであれば娘夫婦の部屋に押しかけ、夕餉までのひと時を虎和を抱いて過ごす多門である。

女中頭の篠(しの)に給仕をして貰い、口にしたのは握り飯がひとつのみ。

「大殿様、それだけで足りまするか？」

「構わん構わん、わしも歳だからのう」

多門は涼しい顔で答えながら沢庵(たくあん)漬けを齧(かじ)り、握り飯を平らげる。果たし合いの前に湯漬けと香の物で腹ごしらえをする、武家の作法に準じてのことだった。

袖ヶ崎の仙台(せんだい)藩下屋敷に多門が着いたのは、ちょうど日が沈む頃。

雨が上がっても空は雲ったままで、海辺の地にも夕陽は射さない。

物寂しい空模様も、人目を忍ぶ御用には幸いだった。

竜之介に代わって警固をすることになった正敦は、加賀(かが)の前田(まえだ)家と共に将軍家と縁の深い、仙台の伊達家の生まれ。

婿として家督を継いだ堅田藩の上屋敷は上麻布の白金で、品川近くの袖ヶ崎にある仙台藩の下屋敷とは、夜毎に通うのも苦にならない距離だった。

されど表立って行き来はできず、常に人目を忍ぶ必要がある。大名の正室は幕府の人質として、江戸で暮らすのが定め。正敦が婿入りした堀田家の姫君も白金の上屋敷に住んでおり、当の姫君の目を盗んでも家中の者に見つかれば即座に報告され、正敦は立場を悪くしてしまう。

そんな危険を冒してでも、出かけずにはいられぬらしい。

正敦と思しき武士が表門の潜り戸から入り込んだのを見届けると、多門は下屋敷の裏手に廻った。

還暦を過ぎて久しい多門は若い竜之介ほど機敏には動けぬが、武術を学んだ身の常として気配を消すことに長けている。

交替する間際で気が緩んだ見張りの隙を衝いて裏門から庭を抜け、屋敷内まで入り込むのは雑作もないことだった。

「ちちうえ、ごらんくだされ！」

子供部屋らしい一室から元気な声が聞こえてきた。

まだ六つか七つと思われる、あどけない響きには甘えも多分に交じっている。

「今日も上手に書けたのう。素読も進んでおるようで何よりだ」

応じる正敦も声を弾ませ、喜んでいると分かった。

「されど常之丞、男子たる者は腕も立たねばならぬのだぞ」

「わかっております。おけいこをいたしましょう！」

「そう来ると思うたぞ。さ、父について参れ」

言うと同時に、正敦は縁側に面した障子を開いた。

気配を消して聞き耳を立てていた多門とは、目と鼻の先の距離である。

「裸足で構わぬ。幸い雨も止んでおるゆえな」

「はい！」

先に降り立つ正敦に続き、常之丞が庭に出てきた。

「えいっ」

礼を交わし、振りかぶったのは子供用に短く仕立てた木刀。

「うむ、よき打ち込みだ。そのまま切り返して参れ」

褒めながらも正敦は手を抜かず、続けざまに打ち込ませる。

蓋を開けてみれば、何のことはない。

正敦は幼い息子に自ら文武を手ほどきしたいがために、古巣の下屋敷へ通っていただけなのだ。

おいとと思しき女人は茶を入れ替えに来たのみで、後は声もしていない。

定信の危惧は完全な杞憂。

無礼を承知で言い換えれば、下衆の勘繰りでしかなかったのである。

(げに親馬鹿とは微笑ましきもの。わしの場合は祖父馬鹿じゃがのう)

熱の入った稽古ぶりに笑みを誘われつつ、胸の内で呟く多門だった。

正敦は半刻ほどで稽古を終いにすると、袖ヶ崎の下屋敷を後にした。

白金への戻り路を急ぐ足の運びは、速くも慎重。

昨夜の襲撃を警戒してか、油断なく視線を巡らせながら歩いている。

「む……」

正敦がおもむろに歩みを止めた。

「曲者ども、まだ懲りぬか」

一喝を浴びせた途端、行く手の茂みから複数の影が現れた。

頭数は五人。竜之介が定信に報告し、多門が聞かされた数と同じだった。

「うぬらの太刀筋は分かっておる。この命、容易く絶てると思うでないぞ」

臆せず放つ正敦の声は、己自身を鼓舞するかのような響き。見上げた心意気と言うべきだろう。

迷うことなく、多門はその場に駆け寄った。

覆面を着け、顔を隠した上でのことである。

「何者だっ」

「ご心配には及びませぬ、摂津守様」

「み、身共の素性を存じておるのか」

「元より口外する気はござらぬ。共に子を持つ身として、助太刀をさせてくだされ」

驚く正敦を落ち着かせ、多門は持参の得物を構えた。

手にした三尺柄の先端から、小気味よい金属音と共に槍穂が飛び出す。

ばね仕掛けの仕込み槍の数は三筋。繋ぎ合わせれば長柄の一筋となる、手慣らして

久しい多門の得物だ。

「退き口を作りますゆえ、お早く！」

「かたじけない」

背中越しに告げた多門に礼を述べ、正敦は駆け出す。

「待たんかい。おぬしらの相手など、わし一人で十分じゃ」

逃がすまいと迫る曲者の一団を、多門は真正面から迎え撃った。

繋いだ槍を振り回し、出足を挫く。

しかし敵もさるもので、一人が遠間から手裏剣を打ち放つ。

すかさず多門は槍を分解し、右手に持った短い槍で払いのけた。

「父上っ」

闇を裂き、凜とした声が聞こえてきた。

多門と同じく、覆面で顔を隠した弓香であった。

行き先を明かさずにいなくなった、父親の後をつけてきたのだ。常着のお引きずりから小袖と袴に装いを改め、大小の二刀を帯びていた。

並より長い刀の鞘を引き、抜き放つ動きは迅速。

振るう手の内も滑らかに、手裏剣を続けざまに打ち落とす。

浮き足立った手裏剣打ちに肉薄しざま、手練の一刀が振り下ろされる。

辛くも退いた曲者の黒装束が裂け、下に巻かれたさらしも両断された。

「そなたは、おなご……！」

露わになった乳房を目の当たりにして、思わず弓香は息をのむ。

「くっ」

手裏剣打ちは悔しげに歯嚙みしながら踵を返す。

多門と渡り合っていた四人も、一斉に走り去る。

竜之介を苦戦させ、左手遣いの剣技を駆使せざるを得なくさせた巨漢は、なぜか姿を見せずじまいであった。

第二章　女の園が死を招く

一

五人の刺客が逃げ帰った先は、芝の旗本屋敷だった。

大名小路の一角に居を構え、万石以下でも旗本こそ真の将軍家御直参、諸国の大名諸侯何するものぞと公言して憚らぬ、当主の名は須貝外記という。

旗本には珍しく大番頭を長らく務め、腕自慢と知られながらも出世と無縁。やはり幕府の武官である御先手弓頭の長谷川平蔵宣以が火付盗賊改の加役を拝命し、関八州を荒らし回った真刀小僧一味を召し捕って評判を取ったにもかかわらず、腕に覚えの武技を揮う機を与えられぬまま、齢を重ねるばかりの日々を過ごしていた。

「何をほざいておるのか聞こえぬぞ。いま一度、はきと申せ」

敷居際に座った家士たちを見返す外記は、当年取って五十と一歳。

見開いた隻眼は眼光鋭く、細身ながら鍛え上げられた体躯から放たれる気迫は凄まじい。最初に学んだ師匠を立ち合いで打ち殺した際に潰れた右目の眼帯も、禍々しい雰囲気を漂わせている。

「重ね重ね申し訳ありませぬ、殿」

「過日に劣らぬ手練が二人も揃うては太刀打ちできず……」

「つ、次こそは必ずや」

「な、何卒お許しを！」

四人の家士は敷居際に這いつくばり、釈明をするのに必死の形相。

「たわけっ」

大音声を浴びせざま、外記は四人に躍りかかかった。

「この不忠者め！」

容赦なく叩きつけた鉄拳に、一人目の家士が吹っ飛んだ。

「たった二人に歯が立たず、逃げ帰るとは何事かっ」

したたかに蹴りつけられた二人目が、背後の庭へと転がり落ちる。

「先夜の失態、ゆめゆめ繰り返すなと申した筈ぞ！」

腕の関節を極(き)められたまま、三人目が縁側に叩きつけられた。

「不出来な倅(せがれ)に引導(いんどう)を渡した俺に、泣き言が通るとでも思うたか!?」

腹にめり込んだ一撃に、四人目がくの字になって崩れ落ちる。

外記は憤然と足を踏み鳴らし、元いた座敷に戻っていく。

「どいつもこいつも役立たずめ。穀潰(ごくつぶ)しにも程があろうぞ」

脇息(きょうそく)に寄りかかり、苛立たしげに呟きながらも汗一つ掻いてはいない。

外記が率いる大番の配下たちは、組風が最も悪いことで知られる。

指揮を執る頭(かしら)が並外れて粗暴であるため、自ずとそうなったのだ。

己(おの)が家中においての外記は、尚のこと猛々(たけだけ)しい。

須貝家に仕えることを望むのは、死にに行くのと同じだと言われている。他の大名や旗本と違って引き換えに礼金を求められぬ代わりに、当主の外記が直々(じきじき)に立ち合うことを仕官の条件としているからだ。

使用されるのは本身(ほんみ)ではなく木刀だが、殆どの者は一撃の下(もと)に打ち殺される。余りに数が多いため目付が不審を抱き、調べに入ったことも一度や二度ではないが、故意には非(あら)ずと主張する外記の態度に圧倒され、不問に付されるのが常であった。

そんな命懸けの腕試しを凌ぎきっても、先に待つのは地獄のみ。

仕官を果たした者の九割方は外記に課される荒稽古に耐えかねて逐電し、あるいは自ら命を絶つ。

五年前に自室で秘かに切腹し、朝になって悶死しているのが発見された外記の一人息子も、行き過ぎた鍛錬による犠牲者と言えよう。

正敦を討ち損ねた四人は、外記が家中の士にふさわしいと認めた面々だ。何としても生き残って禄を得ようとあがく内に人としての心を失い、度胸試しを兼ねて無宿人相手に辻斬りをせよと命じられても、平然とやってのけるほどだった。

その四人が仕損じるとは、外記も思っていなかったらしい。

助太刀まで付けてやった上での失態とあれば、尚のことだ。

「穀潰しはうぬらも同じぞ」

気を失った家士たちをそのままに、外記が新たに怒りの矛先を向けた相手は、座敷の片隅に座った二人の男女。

六尺豊かな大男は両の膝に手を突き、面目なさそうに俯いている。

その傍らに横座りをした女は、平然と外記を見返していた。

「須貝の殿様、短気は損気でございますよう」

恐れ知らずに流し目を向ける女は、二十歳を幾つか過ぎた年頃か。

弓香の一刀に切り裂かれた黒装束に替えて、粋な棒縞柄の小袖を纏っている。

「ほざくでないわ、武乃」

婀娜っぽく諌められても、外記の怒りは収まらない。

「うぬもだぞ、猪田文吾。俺の言うことが聞こえておるか」

「は、ははっ」

隻眼で睨みつけられ、文吾と呼ばれた大男はおずおずと面を上げた。

「その図体で何を怯えておるのだ？　恥を知れ、恥を」

「いや、その」

「釈明したくば、はきと申せ。我は戦国乱世の遺風を受け継ぐ身、高禄で召し抱えても損はござらぬと豪語し、売り込んで参った口上は偽りか？　たかが大名剣術に後れを取り、妹の手まで借りて情けないと思わぬのかっ」

「お待ちくだされ、須貝殿」

続けざまに罵られ、文吾は意を決した様子で口を開いた。

「拙者が後れを取った相手は摂津守に非ず、割って入りし助太刀にござる。あの左手遣いの邪剣さえ封じれば、自ずと勝機を見出せるかと……」

「やかましいわ。木偶の棒は黙っておれ」

「……」

必死の釈明も通用せず、巨軀をすくめた文吾はまた俯く。

「少しは落ち着いてくださいまし、殿様。お怒りになられるばっかりじゃ、せっかくの男前が台無しでございますわよ」

うなだれた文吾の隣で、武乃はあっけらかんとしている。弓香に女人(にょにん)と暴かれた時の動揺は、もはやどこにも見当たらない。

「お腹立ちはごもっともですけど、殿様のお望みは摂津守に引導を渡すことだけじゃないんでございましょ？　お嬢様のご首尾はどうなったんですか」

「……いまだ上様の御手が付かずにおるそうだ。このままでは、埒(らち)が明かぬわ」

文吾を責め立てる邪魔をされ、仏頂面(ぶっちょうづら)になりながらも外記は答えた。

武乃が指摘したとおり、外記は二つの望みを抱いている。

一つは新参ながら将来を嘱望される摂津守こと堀田正敦を葬り去り、古株の大番頭としての威光を取り戻すこと。

次なる望みは大奥入りした娘の雪絵(ゆきえ)が家斉の御手付きとなり、次期将軍となる世子(せいし)を生むことだ。

雪絵の弟に当たる長男を死なせてしまった外記には跡継ぎがいない。

姉弟を生んだ妻は既に亡く、五十を過ぎた暴れ者の後添(のちぞ)いになりたがる奇特(きとく)な女は誰もおらず、旗本仲間も必要以上に関わろうとしないため、縁談を持ち込まれることもなかった。

しかし雪絵に家斉の御手が付き、男の子が生まれれば、全ての状況が好転する。

次期将軍の生母は親兄弟まで出世を約束されるため、威光にあやかろうと群がる者が後を絶たない。

これまで外記を敬遠してきた旗本仲間も手のひらを返し、後添いは元より養子縁組の申し入れが殺到するに違いあるまい――。

雪絵は父親の外記に似ず、亡き母と生き写しの美貌の持ち主。

自ら大奥入りを望み、勇んで御奉公に上がったのは一年前のことである。

しかし、いまだ御手は付いていない。宿下がりをした雪絵が落胆しきりで語った話によると、悪名高い須貝外記の娘と後から知った定信が家斉を厳しく諫め、御床入りを命じぬように、目を光らせているとのことだった。

「あの時のお嬢様、消え入りそうな風情(ふぜい)ってご様子でしたねぇ」

「そのほう、盗み聞いておったのか？」

「違いますよう。あれだけ泣かれちゃ嫌でも耳に入りますって」

目を剝く外記に、武乃は涼しい顔で答えた。

「それにしても松平越中守とかいう老中首座、とんだ野暮天ですね」

「まことに呆れた堅物よ。若年のみぎりから女色に耽るは悪しきことと埒もない理由をつけて、上様の大奥渡りを邪魔してばかりおるそうじゃ」

「無粋ですねぇ。御若いからこそ女が要るのに、上様も鼻血を噴いちまうんじゃ……そういえば、姫様がお生まれになられたばかりでしたっけ」

「淑姫様じゃ」

外記は渋い顔で続けて言った。

「御生母のお万の方は、小納戸頭取であった平塚伊賀守の娘だ。大奥に上がった時は御次だったのが瞬く間に御手付き中臈、いまや御年寄の上座様よ。まことに忌々しきことぞ」

「御次っていやあ奥女中とは名ばかりで、得意の芸事を披露しては上つ方のご機嫌を取るのが役目なんでしょ。見世物小屋で稼いでるあたしと同じじゃないですか」

「上様の御目に叶えば何とでもなる。それが横紙破りの越中守といえども改めることを許されぬ、大奥のしきたりなのだ」

「そうですか。老中首座も手が出せない、と……」

しばしの間を置き、武乃は思わぬことを言い出した。

「ねぇ殿様、あたしを大奥に上げてくださいまし」

「何っ」

驚きの声を上げたのは、外記だけではなかった。

「武乃……」

文吾は啞然とした面持ちで、隣に座った妹に視線を向ける。

男たちの反応に構うことなく、武乃は言った。

「摂津守を討ち損じた穴埋めに、雪絵様の助太刀がしたいんですよ。殿様があたしの仮親になってくだされば、大奥入りに障(さわ)りはないんでございましょ？」

「そのほう、何を企んでおるのだ」

「嫌ですよう殿様、さっきから盗み聞くだの企むだのって、人聞きの悪いことをいちいち仰(おお)せにならないでくださいな」

疑わしげに見返され、武乃はころころと笑った。

「三人寄れば文殊(もんじゅ)の知恵って言うじゃありませんか。雪絵様もあのご様子じゃ手駒の一人もいないんでしょ。あたしが大奥に上がったら手頃なのを見繕って、味方に引き入れて差し上げますよ」

「……まことに雪絵を助けてくれると申（す）すのか？」

「当たり前ですよう。あたしも兄様も、穀潰しなんかじゃありませんからね」

「武乃、拙者のために、何もそこまで」

「いいんですよ。あたしがそうしたいんですから」

訥々（とつとつ）と口を挟んだ文吾に返す、武乃の答えは素（そ）っ気（け）ない。

黙り込んだ文吾をよそに、武乃は外記に向き直った。

「それじゃ殿様、明日にもお手続きをなすってくださいな」

「二言（にごん）はあるまいな」

「もちろんでございますよ。あたしも一日お暇を頂けりゃ、後腐（あとくさ）れのないようにして参りますので」

「相分かった」

外記は頷き、腰を上げた。

「そやつらに活（かつ）を入れてやれ」

伸びたままの四人をちらりと見やり、文吾に命じる。

座敷を後にした外記に一礼し、文吾は家士たちに歩み寄った。

一人ずつ抱き起こし、背中から腕を廻して蘇生させる動きは手慣れたもの。

武乃の姿は見当たらない。

外記の了承を取り付けるや早々に、屋敷から姿を消していた。

二

須貝家を後にして、武乃が向かったのは神田だった。

紅い鼻緒をすげた下駄の運びも軽やかに、雨上がりの通りを抜けて訪ねた先は男女が忍び逢う曖昧宿。

男の客の求めに応じ、秘かに身を売る素人女を斡旋する場所だが、普通の逢い引きにも部屋を提供してくれる。

「よっ、太夫」

部屋で武乃を待っていたのは、三十前の色男。

紺看板と呼ばれるお仕着せの法被に替えて、私服の着流し姿である。

窓辺で片膝立ちに座り、長い脛をちらつかせながら杯を傾けていた。

風見家に挟み箱持ちとして仕える、中間の瓜五だった。

「遅くなっちまって悪かったねぇ。野暮用がなかなか片づかなくてさ」

「気にしなさんな。女を待つのは男の甲斐性さね」

甘い笑みを浮かべて答えつつ、瓜五は乾した杯を膳に置いた。

こぢんまりした座敷には、既に床の用意がされている。

「さ、早くおいでな」

武乃は微笑みながら帯を解き、棒縞柄の着物を畳に落とした。

するりと床に入り込む、武乃の長襦袢は緋色。玄人めいた下着も、覇気のある女が着ければ堂々として見える。そこがまた、堪らない。

「へっ、駆けつけ三杯よりも三交かい」

「好き者なのはお前さんも同じだろ」

「へへ、違いねぇや」

嬉々として腰を上げる瓜五は武乃の素性は元より、本名も明かされていなかった。

知っているのは神田に近い東両国の見世物小屋で出刃打ちを演じる際の、巴太夫という芸名のみ。武乃のほうも、界隈の武家屋敷に奉公する中間としか気づいていない筈である。

見世物小屋の舞台と客席でたまたま目が合い、その日の内に忍び逢った時の武乃は男を知らぬ生娘だった。

経験のない男女に性の手ほどきをすることを、色の諸訳（しょわけ）という。

瓜五は井原西鶴（いはらさいかく）が綴った『好色一代男』の世之介（よのすけ）のごとく、年少の頃から色道（しきどう）修行を重ねた男。相手が醜女（しこめ）であろうと床の中では労を惜しまず、女と生まれた歓びに至らしめるために贅（ぜい）を尽くす。

自身の初体験は年増女（としまおんな）にのしかかられ、訳も分からぬ内に終えてしまったがゆえの心がけである。

そんな瓜五も、武乃ほど房事に貪欲な女を他に知らない。

いまや幾人もの男と体を重ね、閨（ねや）の歓びを堪能している。

当人が明かさずとも、床を共にすれば分かることだ。

「また降り出したねぇ」

「ああ」

「毎年のことだけど、うんざりするよ。とっとと明けてくれないかな」

「こっちはどしゃ降りだけど、いいのかい」

「これがあたしの癖なんだよ。初めての時から知ってるだろ」

「元より承知の上さね。今夜も風神雷神になったつもりで、たっぷり濡らしてやろうじゃねぇか」

「あン……」

甘い吐息を漏らす武乃に、瓜五はそっと覆いかぶさる。

障子窓一枚を隔てた通りは、早くも本降り。

激しく交わる男女をよそに、梅雨の一夜は静かに更けていった。


雨は夜が明けても降り続いていた。

「あー、よく寝た」

目を覚ました武乃は布団から出ると、心地よさげに伸びをする。

瓜五が帰った後も事後の余韻に浸ったまま、熟睡していたのである。

「やっぱりお屋敷に帰ったか。女を待つのは男の甲斐性なんて言っときながら、大事なのはお勤めかい」

ぼやきながらも長襦袢の前を合わせ、棒縞柄の小袖に袖を通す。

「あいつの殿様は将軍付きの奥小姓……ひょっとしたら御城中で顔を合わせることになるかもしれないねぇ」

独り呟く武乃は瓜五に限らず、江戸に来てから体を重ねた、全ての男たちの素性を把握している。

男と女に限らず、人は何が理由で揉めるか分からない。

万が一の折に備える用心深さは、武芸者であるがゆえのものだ。

武乃は実の両親の顔を知らずに育った身。

流派に属さぬ旅の武芸者に拾われ、やはり捨て子だった文吾と共に、容赦なく鍛えられてきた。

二人の師匠にして義理の父親であった武芸者も、半年前に亡くなった。

引導を渡したのは武乃である。西国の山に籠って修行三昧の毎日を送っていた時に豹変し、寝込みを襲われたのを返り討ちにしたのだ。

狙われたのは武乃だけではない。

色欲を抑えきれずに見境をなくした武芸者は、先に文吾を襲っていたのである。

育ての親によって負わされた痛手は、いまだ文吾を苛んでいる。体が癒えても心は晴れず、本来ならば武乃の上を行く実力を発揮できぬ状態に陥っていた。

ゆえに傷心の文吾を引っ張って、武乃は江戸に下ったのだ。

武芸で大成する志など元より持ち合わせてはいない。望まずして教え込まれた技を金に換え、文吾が立ち直るまで支えていければ、それでよかった。

しかし京大坂には三人によって潰された道場が数多く、町奉行所の取り締まりこそ緩いが恨みを買った連中に見つかれば、厄介なことになる。

ならば長旅を厭わず、知る者のいない江戸に逃れたほうがいい。

武乃が得意とする手裏剣術は戦国乱世の合戦で鎧武者の急所を狙い打ち、徐々に力を削いでいく戦い方から、削闘剣と恐れられた武技である。

その技を出刃打ちの芸に転用し、鬼をもひしぐ巴太夫と早々に評判を取った武乃の稼ぎは上々だったが、義理の妹の世話になり続けるのを文吾は良しとしなかった。

須貝家に足を運び、用心棒として売り込んだのは、完全な文吾の独断。

自立を期した心意気は見上げたものだが、須貝外記は旗本の仲間内どころか市中の人々の間でも悪評が絶えぬ暴れ者だ。死人が続出の腕試しを切り抜けても、いざ仕事を命じられた時に役立たずでは、何をされるか分かったものではないだろう——。

放っておけずに自分も須貝家に雇われた武乃だったが、危惧したとおり文吾は正敦の暗殺に失敗し、外記の怒りを買ってしまった。

そんな兄を救うため、武乃は大奥入りを志願したのである。

外記が武乃に甘いのは、体を重ねた仲であればこそ。求めに応じたのは一度だけのことだったが外記は未練があるらしく、昨夜も強くは出られなかった。

その甘さを利用して、武乃は話をつけたのだ。

武乃の提案は文吾のみならず、外記にとっても得な話であろう。

たとえ雪絵が家斉の御目に留まらなくても、武乃に御手が付けば仮親の外記は出世を約束される。さすれば一国の大名にして老中首座のお気に入りである正敦を亡き者にするという、愚行に及ぶ必要もなくなる筈だ。

将軍が相手となれば、武乃も気分が高揚する。

「さて……色男の業前も堪能したことだし、兜の緒を締めて行くとしようかねぇ」

ひとりごちつつ傘を差し、曖昧宿を後にする足の運びは軽やか。

大奥入りを果たして早々に思わぬ事件が起きるとは、夢想だにしていなかった。

三

かくして外記との養子縁組を早々に調え、武乃が大奥に奉公したのは六月十六日。

登城した大名と旗本に将軍が、奥女中の一同には御台所が、縁起物の菓子を直々に振る舞う、嘉祥の日のことだった。

既に日は暮れ、大名も旗本も下城した。

年に一度の御役目を終えた家斉はいそいそと大奥に渡り、御台所の茂姫と御小座敷で二人きり。

中奥の一室と同じ名前がつけられた御小座敷は、大奥で将軍が食事を摂り、泊まるための部屋である。上段と下段に分かれた造りなのも中奥と同じだが、当番の御年寄と御中﨟の姿は見当たらない。久方ぶりに夫婦水入らずで過ごすため、茂姫が人払いを命じておいたのだ。

「やれやれ、毎年のことながら難儀な限りよ」

「わらわは初めてでございます。上様」

「左様であったな。どれ、肩を揉んでやろう」

「まぁ、嬉しい」

夫婦仲良く夕餉を済ませ、家斉と甘い会話を楽しむ茂姫は十七歳。

同い年の家斉が一橋徳川家の若君だった頃からの許嫁で、実家は外様の大藩である薩摩の島津家だ。

前の将軍だった家治が世子の家基に先立たれ、養子に迎えた家斉を次の将軍とすることが急遽決まったため、御台所には公家の姫君を迎える慣習に反するとして一時は破談となりかけたが、去る二月の八日に晴れて大奥入りを果たした。

対する家斉は将軍職に就いて早々に御手を付けたお万の方にとどまらず、亡き家基の許嫁だった種姫（たねひめ）に仕えるお楽（らく）の方に執着し、二人目の御手付きにすべく虎視眈々（こしたんたん）と狙っている最中だが、茂姫との夫婦仲は良好。幼馴染みということもあり、こうして人目がない時は格式ばった言葉を用いずに、くだけた口調で語り合うのが常だった。

とはいえ、家斉は血気盛んな御年頃。

そこは茂姫も心得ている。

歳が同じであれば何につけ、女は男より成長が早いものだ。

「上様。そこは肩ではありませぬよ？」

「おや、ちと下に行き過ぎたか」

「ふふ、御戯れを」

家斉の手をやんわり押さえ、茂姫は悪戯（いたずら）っぽい笑みを返す。

若い二人が手を握り合い、唇を寄せた時のことだった。

「一大事、一大事にございまするっ！」

「誰（たれ）かある！　誰かある!!」

甘いひと時を止めたのは金切り声と、廊下を急ぎ渡る足音。

お引きずりの裾を持ち上げる余裕がないのか、板を擦る音まで聞こえてくる。

「何事だ。せっかくの興を削ぎおって」

家斉は顔を顰めて立ち上がった。

「全くでございまする」

茂姫も腰を上げ、愚痴りながらも御小座敷の障子を開いた。

廊下に出た途端、二人の奥女中がぶつかりそうな勢いで駆けてきた。

家斉の姿も視界に入らぬほど動揺しているのだ。

「そのほうら、何をしておる？」

「こ、これは上様」

「お、お騒がせして申し訳ございませぬ」

奥女中たちは驚きながらも足を止め、家斉に向かって平伏した。

家治の側室にして家基の生母であり、いまは落飾して夫と息子の菩提を弔いながら大奥でひっそり暮らす、蓮光院に仕える部屋子だ。

「苦しゅうない。訳を申してみるがよい」

家斉は二人の前に片膝をつき、声を荒らげることなく下問する。

「お退きなされ、無礼者っ！」

突如として割り込んだ怒声と共に、二人は廊下に転がった。

怒りの声と共に蹴りつけたのは恰幅の良い、中年の奥女中。

家斉誕生の際に助産の御用を仰せつかり、乳母も務めた大崎だ。

「落ち着け大崎。いい年をして、大人げのない真似を致すでない」

「恐れながら上様、今は小事に構っておるどころではございませぬぞ」

「それほどの大事が起きたと申すのか？」

「はい、それほどにございまする」

家斉の叱りを受けても動じない、大崎の口調は堂々たるもの。

一橋徳川家の奥向きを牛耳るだけにとどまらず、家斉が将軍職に就くのに先駆けて迎えられた大奥にも御年寄として君臨する、女傑ならではの貫禄だ。我がまま勝手な家斉も、乳母上がりの大崎には逆らい難い。

「大事と言うても子細が分からねば話にならぬ。何が起きたと申すのだ」

「御報告は後ほど申し上げまする。まずは中奥に御戻りくだされ」

気を取り直して問う家斉に、大崎は思わぬ答えを返した。

「戻れだと？」

家斉は耳を疑った。

「さ、お早く」

対する大崎は大真面目。

両の目を吊り上げた、元より険しい表情のままで言う。

「御無礼は元より承知にございまする。そのほうら、上様を御送り申し上げよ」

有無を許さず、大崎は同行させた奥女中の一団に向かって顎をしゃくる。

「失礼をつかまつりまする」

「上様、どうぞあちらへ」

「待て！　待たぬかっ」

丁重ながらも無理やりに、家斉は連れて行かれた。

茂姫の許にも、別動隊の奥女中が差し向けられていた。

「おのれ！　無粋な真似は許しませぬぞ!!」

「御容赦くださいませ御台所様。大崎様のお指図にございまする」

「御叱りは後ほど、蓮光院様までお願い致しまする」

怒りに任せた抗議も受けつけられず、茂姫は御小座敷から連れ出されていく。

「離せ、離さぬか、無礼者っ」

「御身を御守りするためにございまする。さ、御早く！」

「は、離せっ……上様、上様ぁー」

助けを求める声が虚しく響く中、事件の現場となった一室は静寂に包まれていた。

上座に倒れ伏した美女の法名は蓮光院。落飾した証（あか）しの切り髪を露（あら）わにしたまま気を失った顔には五十三という歳に見合った皺こそあるが、お知保（ちほ）の方と称した往時に亡き家治を虜（とりこ）にし、寵愛を一身に集めた美貌の名残（なごり）をとどめている。

側仕えの部屋子たちは腰を抜かし、声も出せずに震えるばかり。

微動だにしない蓮光院の膝元に、一匹の仔犬が転がっていた。

竜之介が養う末松（すえまつ）とも仲良しだった、愛くるしい柴の仔だ。

息絶えた柴の仔犬の周りに散らばっていたのは、色とりどりの菓子。

饅頭（まんじゅう）に羊羹（ようかん）。きんとんに熨斗（のし）揉み。

うずら焼きに寄水（よりみつ）。阿古屋（あこや）餅に煮しめ麩（ふ）。

八種の菓子は疫（えき）の気を祓（はら）うため神に捧げられ、その御下がりを大名と旗本、奥女中が賜る嘉祥の供物（くもつ）。

蓮光院も茂姫から頂戴したのを自室に持ち帰り、賞味するつもりでいたらしい。

それを仔犬が横取りしたのは小納戸の倉田十兵衛（くらたじゅうべえ）に預けられ、完治した筈の盗み癖がぶり返したがゆえのこと。

初めて目にした嘉祥の菓子に惹かれ、毒が仕込まれていると気づくことなく食べてしまったのだ——。

四

「みんな肝っ玉が小さいねぇ。たかが犬っころが一匹おっ死んだだけだってのに」

武乃は菓子が盛られた白木の台の前に陣取り、次から次へと頬張っていた。

ここは奥女中たちの部屋が連なる長局向。

武乃は自分が授かった菓子を平らげて、雪絵の部屋までたかりに来たのだ。

「あなたの肝が太すぎるのですよ……」

溜め息を吐く雪絵は、武乃より四歳下の二十歳。

父の外記が養女として大奥に奉公させた武乃とは須貝家で一度だけ、宿下がりの折に挨拶を交わした程度の付き合いでしかない。

「あー美味しい。そこらの安物とは違いますねぇ」

呆れられても意に介さず、武乃は饅頭をぱくついている。

雪絵は品の良い細面を曇らせ、幾度目なのか忘れてしまった溜め息を吐く。

外記とは顔立ちだけではなく、気性も全く似ていない。鳶が鷹どころか獅子が兎を生んだと言われるほど、共通するところが皆無の父と娘だった。

そんな雪絵が大奥に奉公したのは、外記を出世させるためではない。

父親と同じ屋根の下では暮らすのは無理。何としてでも、逃れたい。

幼い頃からの考えを実行に移したきっかけは、弟が自ら命を絶ったこと。

実の息子を死に追いやって恥じることなく、粗暴な振る舞いを改めようともせずにいるのに呆れ果て、愛想も尽きた末の行動だった。

しかし、今となっては後悔している。

外記の出世欲を逆手に取り、孝行娘を装って雪絵が身を寄せた大奥は、魑魅魍魎のごとき女たちの見栄と欲が渦巻く、魔境さながらの空間だったからである。

御手付きとなるために手段を択ばず、根も葉もない噂を捏造して競争相手の評判をを落とすぐらいのことは当たり前。御手が付いても油断はできず、御床入りの決定権を有する御年寄衆の不興をひとたび買えば、日の当たらぬ立場にされてしまう。

雪絵は大奥に奉公し、外記より悪い人間がこの世にいると初めて知った。

奥女中たちは表向き、誰もが友好的に過ごしている。

しかし腹の中は真っ黒で、自分のことしか考えていない。

何と薄汚いのか。

何と浅ましいのか。

上様を魑魅魍魎の虜にさせてはなるまい。

ならば自分が御手付きとなり、若い御身を護らねば。

それが旗本の娘に生まれた身としての、将軍家への御奉公――。

雪絵はそんな決意の下、大奥に踏みとどまった。天与の美貌を武器としながら万事に配慮を心がけ、一年で中臈見習いから本役へと昇格を果たした。

しかし、こたびの事件には衝撃を覚えずにはいられない。

亡き家治の側室だった蓮光院は家斉にとっては義理の母の一人であり、間違っても御手付きとなることが有り得ぬ立場。大奥で暮らしていても奥女中ではなく、醜い足の引っ張り合いとは無縁の存在であった。

その蓮光院が命を狙われ、可愛がっていた仔犬が身代わりに殺された。

しかも毒を仕込まれたのは、縁起物の嘉祥の菓子。

将軍家代々の行事をわざわざ穢してまで、政とは無縁となって久しい人物を亡き者にせんとした理由が雪絵には分からない。不可解であるがゆえ、恐怖を募らせずにはいられなかった。

対する武乃は御奉公に上がった初日とは思えぬほど、堂々とした態度。

そればかりか、一服盛られたのと同じ菓子を平然と口にしている。

呑気に楽しむ様を見ていると、自分だけ怯えるのが馬鹿らしくなってくる。

雪絵は気を取り直し、武乃に釘を刺した。

「そなた、棟居殿に二度と無理を言うてはなりませぬぞ」

「棟居殿？　ああ、新左さんのことですか」

藪から棒に問われながらも武乃は動じず、あっけらかんと答えた。

大奥に上がってから作り笑いばかりしてきた雪絵と違い、人懐っこい笑みを自然に浮かべて見せるのが、また腹立たしい。

「気安いですよ。新左衛門様、いいえ、棟居様とお呼びしなさい」

「怖い顔をなさらないでくださいな。元より下心があるじゃなし、ちょいとお使いを頼んだだけじゃないですか」

「大風呂敷に一杯の帯を売りさばかせるのが、ちょっとしたことですか？」

「そんなに睨まないでくださいよう。帯のお代が届いたら独り占めにしないで新左さ……棟居様と、お嬢様にもお礼をしますから」

「わたくしはいりませぬ。ただし、棟居殿に口を利くのはこたび限りと心得なさい」

「はいはい、仰せのとおりに致しますよ」

明るい笑顔で答えた武乃はまた一つ、饅頭に手を伸ばした。

外記が助太刀として差し向けた女武芸者は、呆れるほどに肝(きも)が太い。

大奥では新入りの歓迎と称して古株の奥女中が取り囲み、着物を脱がせるいじめが横行していたが武乃は難なく返り討ちにしたばかりか、素っ裸に剝いてしまった全員から詫びの印に取り上げたという帯を、金子(きんす)に換えたいと言い出した。

面倒な役目を託されたのが大奥御用達の商人が出入りする御広敷(おひろしき)の番士で、雪絵の幼馴染みでもある棟居新左衛門。

やり込められた奥女中どもが収まらず、御年寄の大崎様辺りに言いつけられてからでは遅いと武乃にせっつかれ、やむなく雪絵は子供の頃から人がよい幼馴染みを紹介したのである。

大奥入りした幼馴染みを日頃から気に懸け、今や公然と読めなくなった恋川春町(こいかわはるまち)の黄表紙などを差し入れてくれる新左衛門は面倒な頼みを快諾し、折よく御広敷に来合わせた呉服商に大量の帯をまとめて預けてくれたのだ。

幸いなことに誰にも見咎(みとが)められずに済んだものの、大事な幼馴染みを厄介なことに巻き込んで平然としているとは、図々しいにも程があろう。

「お嬢様、ほんとにもう宜しいんですか？」

「そなたの食べっぷりを見ているだけでお腹いっぱいですよ。お夕餉を済ませた後と申すに、よくそんなに入るものですね」

「あはは。あんなお上品な献立じゃ腹は膨れやしませんって」

うそぶく武乃は日頃から食欲旺盛と見えて、小食の雪絵よりも肉付きが良い。

そんな武乃が大奥で与えられた役職は御三（ごさん）の間。

ぎりぎり御目見以上の立場だが、任されるのは御年寄をはじめとするお偉方の雑用に掃除、風呂の水汲み、火鉢と煙草盆の管理といった裏方の仕事が専ら（もっぱ）で、大奥入りを外記に願い出た際に小馬鹿にしていた御次よりも、格が低い。

それでも御目見である以上、家斉の目に留まる機会はある。

その機を逃さぬ魅力を武乃は備えていた。

女らしさの証しと言うべき胸と尻は実り豊か。特に胸乳（むなぢ）は豊満そのもので、雪絵の慎ましやかな膨らみとは比べるべくもない。

手足が太く、肩幅が広めなのは鍛えられた武芸者ならではだが、女らしさを損なうほど筋骨隆々とはしておらず、見るからに抱き心地がよさそうだ。

これが男好みの体なのだと、雪絵は認めざるを得ない。

ひとたび家斉の目に留まれば早々に、御床入りを命じられることだろう——。

「もう十分でしょう。そろそろお部屋に戻りなさい」

頭をもたげた妬心（としん）を抑え、雪絵は武乃に退出を促した。

奥女中は相部屋が基本であり、個室を与えられるのは御年寄などのお歴々と、将軍の御手が付いた中臈のみ。

雪絵と武乃の同僚たちも今は野次馬となって廊下に出ていたが、騒ぎが鎮まれば戻ってくる。

武乃の仮親が外記であるのは元より皆も承知だが、事件をよそに二人きりになっていたのを見られたら、要らぬ勘繰りをされかねない。

「分かりましたよう。これで終いにしますから」

煮しめ麩を摘んだ指をぺろりと舐め、武乃は名残惜しげに白木の台から離れた。

「お休みなさい、お嬢様」

「お休み」

武乃を送り出した雪絵は障子を閉め、ほっと安堵の息を漏らす。

思わぬ事件に覚えた動揺は、いつの間にか収まっていた。

「ええい、離せ！　離さぬかっ」

御錠口に繋がる廊下から、家斉の抗う（あらがう）声が聞こえてくる。

駆けつけた小姓たちに抱えられ、中奥に連れ戻されようとしていた。

その中奥と大奥の間を区切る、銅の板が貼られた壁の向こうでは茂姫が金切り声を上げている。

「離しなされっ！……無礼者っ……！」

いずれの声も悲痛な響き。

置かれた立場を思えば、無理もない。

天下人とその妻らしく生きねばならない重責を、二人は若い身空で背負っている。

我がまま勝手な家斉も、快活な茂姫も、臣下に明かせぬ苦労は多い。そんな二人が年相応の若者らしくなれるのは、夫婦水入らずの時だけだ。束の間のくつろぎを妨げられたとあっては、取り乱すのも当然だろう。

日頃から御側近くに仕える身、それも年上ならば、自ずと察しもつくことだ。

しかし、それは大名も旗本も殆どの者が知らぬこと。

嘉祥の菓子を授かったのを誉れとし、嬉々として下城した日の夜に事件が起きたと知れば、さぞ失望することだろう。

御側御用取次の小笠原信喜は当番の小姓に一人ずつ、声をかけて回っていた。

「御役目大儀である。分かっておろうが、今宵のことは他言無用じゃぞ」

「心得ました、若狭守様」

声をかけられた小姓は折り目正しく答えながらも、どことなく迷惑げ。御役に就く際には誓紙（せいし）を入れ、殊更（ことさら）に注意をされずとも、御用の上で知り得たことは口外しないと誓わされているからだ。

元より信喜も承知のことだが、念を入れずにはいられない。

家斉と茂姫は、完全に大人であるとは言い難い。いまだ成長の道半（なか）ば、危うい世代であるがゆえ、余計に案じられてならなかった。

老骨の身で御役に立つことがあるならば、喜んで仰せつかりたい。

だが、それは信喜が担う御役目ではないのだ。

（その時はしかと頼むぞ、風見多門……）

夜更けの中奥を粛々と廻りながら、信喜は胸の内で呟いた。

五

御用部屋には定信と信明、忠籌が顔を揃えていた。

大奥で発生した事件の報を耳にして、急ぎ登城したのである。

「よりにもよって嘉祥の御菓子に一服盛るとは、無礼にも程がありますぞ」

「落ち着きなされ、伊豆守殿」

怒りを露わにする信明を、そっと忠籌が窘める。

続いて口を開いたのは定信だった。

「まず思案すべきは蓮光院様が何故に……ということぞ」

「拙者も左様に存じ上げまする」

異を唱えることなく、忠籌が頷く。

「せ、拙者も左様かと！」

慌てて信明も同意を示した。

信明はまだ若いにもかかわらず、杓子定規に物事を捉えがちな質である。

しかし、こたびの事件は型に当てはめるべきではない。

定信の指摘に違わず、蓮光院は命を狙われる理由を持っていないからだ。

大奥では何者かが一服盛り、毒殺を企てる事件がしばしば起きる。

決まって命を狙われるのは、将軍に寵愛された御手付き中臈。

そして大奥の内政に干渉する、奥勤めの老中や若年寄だ。

他ならぬ定信も、過去に標的とされた一人である。

大奥ばかりか中奥でも一服盛られたが未遂に終わり、落命するには至らなかったが命を狙われる恐怖を身を以て知っているがゆえに、毒殺犯は許せない。

「お知保の方であらせられた頃ならばいざ知らず、蓮光院様は俗世を離れし身。女人にして女に非ず、奥女中どもが妬心を抱く筈なきお立場だ。そのお命を縮めることで誰が徳をするのかのう」

定信の呟きに、下座の二人は押し黙る。

たしかに蓮光院は狙われる理由を持っていない。

しかし落飾する以前、お知保の方の名で美貌を謳われた頃にまで遡れば、疑わしい人物の名前が浮かんでくる。

「あり得るならば一橋……」

「越中守様っ」

「お控えくだされ！」

信明と忠籌は皆まで言わせず、定信の言葉を遮った。

いつも冷静な忠籌が顔を強張らせ、信明に至っては青ざめている。

「気を遣うに及ばぬぞ。治済殿は上様の御父君であらせられると同時に、身共の従兄弟であるからの」

定信は動じることなく、その人物の名を口に上せた。

当年三十九歳になる徳川治済は吉宗が四男の宗尹に十万石を与えて創設させた一橋徳川家の二代当主にして、家斉の実の父親である。

七歳上の従兄弟の人となりを、定信は少年の頃から熟知していた。

「治済殿は幼き頃より利に聡く、我が父や叔父上が子らに贈り物を下さる折にはさりげなく、一番よきものを持っていくのが常であった。幼き頃の玩具の類いは言うに及ばず、長じた後は羽織袴に武具甲冑、ついには御三家さえも遠慮の多い立場まで手に入れおったのだ」

淡々とした定信の呟きに、もはや二人は口を挟めない。

他に誰もいなかろうと、迂闊に同意を示してはならなかった。

保身よりも情熱を重んじ、定信の幕政改革への協力を惜しまぬ立場であっても敵に廻したくはない。それほどの力を、治済は有しているのだ。

「八代様を悪く申すは不遜だが御三卿、いや、一橋は力をつけすぎた……御三家の向こうを張られし御心意気は御立派なれど、水戸様と尾張様ばかりか八代様の御生家であらせられる紀州様まで軽んじるとは、許されることではあるまい」

「越中守様……恐れながら八代様の御世なればこそ、田安と一橋のご両家は必須であったかと」

「承知の上ぞ、伊豆守」

おずおずと口を開いた信明に、定信は静かに言った。

「これも不遜な物言いだろうが、今や御三家に御政道を担う気概はない。格下の治済殿に牛耳られるのを不快とするどころか、有難がっておられるからの」

「重ねて恐れながら、左様に存じまする」

遠慮しながらも同意を示す信明に続き、忠籌も無言で頷く。

定信が治済を批判せず、むしろ肯定する発言をしたからだ。

治済は若い息子を天下人の座に就けながらも政には介入せず、老中首座と将軍補佐を兼任させた従兄弟の定信に全てを任せた上で、自身は幕府と御三家の間で調整役に徹している。意見するのは定信の打ち出した政策が思わしくない結果を招いた時のみで、基本的には思うがままにさせていた。

「身共とて治済殿を悪しざまに言いとうはない。田沼主殿頭めを使うて十代様に意見させ、久松松平との縁組を御上意として断れぬように仕組みおったのは卑怯千万なれど、結果としては吉と出た。あの頃の身共が将軍となったところで時局を打開し得る経験も知識も、何ら持ち合わせてはおらなんだからの。白河十一万石の地を治め、飢饉を乗り切った後なればこそ、曲がりなりにも御政道を預かることができておるのだ。主殿頭めはともかく治済殿には、むしろ感謝をすべきであろう」

「越中守様、されば」

「したが、それとこれとは話が別じゃ」

安堵しかけた信明を、定信はじろりと睨んだ。

「十代様が御隠れになられし折のことは、おぬしたちも覚えておろう」

「忘却つかまつれることではございますまい」

また青ざめた信明をよそに、忠籌が答えた。

「ここだけの話だが、あれは治済殿が糸を引いてのことに相違ない」

「されど、あれは主殿頭殿が推挙した奥医師の……」

「左様。薬を調合したのはあの医者どもだ」

「さすれば何故、一橋様をお疑いに？」

「当然であろう」

疑義を呈する忠籌に、定信は答えた。

「十代様は、倅の山城守（やましろのかみ）を喪うて勢いが失せ、治済殿にも見限られた主殿頭の無二の後ろ盾であらせられたのだ。その御命を頂戴つかまつるのは、あやつにとって自ら首を絞めるに等しきこと。一服盛らせる筈があるまい」

「されば、十代様の御最期は……」

「主殿頭の後釜に身共を選んだ、治済殿の差し金であろう」

「お止めくだされ、越中守様っ」

堪らなくなった様子で信明が口を挟んだ。

「静かに致せ、伊豆守」

「さ、されど……」

「身共とて志半ばで立場を失うのは本意ではないが、罪は罪だ。まことに治済殿が黒幕ならば、一蓮托生もやむなきことぞ」

「……」

決意を込めた定信の言葉に、忠籌も黙り込んだ。

定信は治済を疑えば、自分も追い込まれるのを知っている。承知の上でこたびの事件を追及し、旧悪が明るみに出た時のことも覚悟しているのだ。

病に伏した家治の容態が投薬の誤りで急変しなければ、主殿頭こと田沼意次の時代は続いていたかもしれない。

それは治済のみならず、定信にとっても都合の悪いことだった。

治済が我が子の家斉を一日も早く将軍にしたかったのと同様に、定信も老中として御政道を担うことを切望していたからである。

やはり暗殺された節がある家基の死も、二人には幸いしたと言えるだろう。

家基は父の家治と共に、意次の手腕を高く評価していた。

その家基が十一代将軍の座に着いていれば意次は老中職にとどめられ、定信の出番はなかった筈だ。

そして今度は家治が寵愛した側室にして、家基の生みの母の蓮光院が狙われた。

もしも治済が黒幕ならば、動機は口封じに相違ない。

亡き二人と最も近い立場だっただけに余人が知り得ぬ、家治と家基の不可解な最期の謎を解き明かす鍵を握っている可能性が高いからだ。

治済をこたびの事件の黒幕と疑うのは、信明と忠籌にとっては恐れ多いことだ。

その治済と手を組んで老中首座となり、幕政改革を任された定信も、できれば追及したくはないだろう。

しかし定信は、自ら首を絞めるに等しいことをしようとしている。

それほどの覚悟に応えずして、何が同志か。

「調べを進めましょう、越中守様」

「身共もお手伝いつかまつります」

信明と忠篤が口々に言った。

「うむ。しかと頼むぞ」

定信の厳めしい顔が、わずかに綻（ほころ）んだ。

「されば、まずは犬から始めると致そう」

「犬、にございまするか？」

「蓮光院様の身代わりに菓子を喰らい、果てたことは聞いておろう」

「小納戸の倉田が躾（しつ）けておった、柴の仔犬でございましょうか」

戸惑う信明に代わって、忠篤が答えた。

「左様。身共も一度、じゃれつかれた覚えがある」

「あるじの身代わりに果てたとなれば、げに忠犬でございまするな」

「なればこそ、その死を無駄にしてはならぬのだ」

気安く呟いた信明を、定信はじろりと睨んだ。

「さ、左様に心得まする！」

思わず首をすくめた信明に構わず、定信は忠篤に向き直った。

「弾正、明日から蓮光院様付きの奥医師が替わることになっておったな」

「栗本家の四代目、元格にございまする」

「左様であったな。されば犬の亡骸を急ぎ届け、明日の出仕に間に合うように調べを付けさせよ」

「栗本に犬の亡骸を……でございまするか？」

「元格が実の父親は田村藍水だ。在りし日は江戸一番の本草学者にして、異国の医書を訳せし蘭学者たちとも親しい間柄だったと聞く。その教えを受けた身ならば亡骸の臓腑を検むるのも難しゅうはあるまい」

「腑分けをさせよと申されますのか？」

「人の腑分けは元より御法度なれど、畜生ならば障りはない。元格の持てる知識を余さず活かし、曲者が用いた毒を突き止めさせるのだ」

「されど、夜も遅うございますれば……」

「死骸は時が経つほど傷むもの。梅雨時ならば尚のことじゃ」

「心得ました。急ぎ手配致しまする」

忠籌は答えると同時に腰を上げた。

「大奥には身共も参ろう。伊豆守、留守を頼むぞ」

信明に告げ置き、定信も立ち上がる。

「また大崎様に難癖をつけられまするぞ。越中守様は目の敵にされておりますれば」

「なればこそ参るのじゃ。話にならぬ説教の相手は身共が引き受けるゆえ、その隙に亡骸を持ち出してくれ」

「承知つかまつりました。お任せあれ」

定信の覚悟の言葉に頷き返し、忠籌は先に立って廊下を渡る。

嘉祥の夜は物々しくも静かに更けていった。

六

一夜が明けて、今日は六月の十七日。

登城した竜之介を下部屋で迎えたのは水野忠成だった。

「遅いぞ、風見」

一番乗りとは、珍しいこともあるものだ。

先輩の小姓で大和守の官名を持つ忠成は、当年二十七歳。

威風堂々とした美丈夫の忠成は駿河沼津五万石の水野家の養嗣子で、義理の父親は意次と共に老中を務めた水野出羽守忠友である。

柳生道場では竜之介の兄弟子の一人でもあり、家斉には歯ごたえのある稽古相手として竜之介ともども気に入られているが、剣術に劣らず好む酒色に耽って夜更かしをしがちであり、登城してくる時間はいつも遅い。

「何でぇ、たまたま早乗りしたからって偉そうにしやがって」

「その金玉にそそのかされて、あっちこっちで女を泣かせてるそうですぜ。奥方一筋のうちの殿様の爪の垢でも飲みやがれってんだ」

用部屋の前まで供をしてきた参三と瓜五が、声を潜めて毒づいている。

たしかに二人の言うとおりだが、腹を立ててはなるまい。

水野家は亡き伯父に味方をしてくれた一族だ。

忠成自身も田沼家に好意的で、小納戸だった頃に同役たちに嫌われてきた竜之介と親しく接し、剣の道でも好敵手と認めてくれている。

「ご無礼を致しました、大和守様」

忠義者の二人に胸の内で謝しながら、竜之介は忠成に頭を下げた。

「詫びずともよい」

答える忠成の表情は、言葉とは裏腹にまだ険しい。

「それよりも風見、まだ話を聞いてはおらぬのか？」

「何のことでござるか」

戸惑いながらも竜之介は参三と瓜五に目配せし、下部屋から退出させた。忠成に仕える中間たちも姿は見えず、挟み箱のみが置かれている。

二人がいなくなるのを待って、忠成は再び口を開いた。

「蓮光院様が一服盛られたそうだ。よりにもよって、めでたき嘉祥の御菓子にな」

「まことにござるか？」

「俺は十代様の小納戸と小姓を務めた身だ。蓮光院様もお知保の方であらせられた頃から存じ上げておる。冗談で左様なことが言えるものか」

「されば、蓮光院様は」

「ご無事だ。代わりに柴の仔犬……おぬしと倉田が可愛がっていた、あのちびが命を落としたらしい」

「何と……」

「盗み癖が災いしてのこととは申せど、哀れな話よ」

溜め息交じりに語った忠成に、竜之介は無言で頷いた。

二人も昨日の当番が明けた後、嘉祥の菓子を家斉から振る舞われている。

日頃から御側近くに仕える身であっても、特別な御振る舞いは喜ばしい。

大事に持ち帰った竜之介は自ら切り分けて家中の一同に配り、皆で嬉々として胃の腑に収めたものである。

菓子は人を笑顔にしてくれる。

その菓子を悪しき企みに利用するとは許せない。

しかも、あの愛くるしい仔犬の一命まで奪うとは——。

中奥では家斉が新任の奥医師と御目見をしていた。

いつもであれば剣術の稽古中。当番の小姓たちを相手取り、熱を上げている時間であった。

「栗本元格、面を上げい」

「ははっ」

同席した定信の指示を受け、平伏していた奥医師が上体を起こす。

目が血走っているのは明け方まで仔犬の亡骸と向き合い、小さな命を絶った元凶を突き止めたがゆえのこと。定信は登城して早々の元格から報告を受けていたが、まだ家斉の耳には入れていなかった。

まずは元格に対し、着任の挨拶をして貰わなくてはならない。

「上様」

定信は声を潜めて家斉に呼びかけた。

「……義父上……」

耳に届いたのは、消え入りそうな呟きのみ。

「上様」

定信は眉一つ動かすことなく、家斉を続けて呼んだ。

「……何とした、越中？」

重ねて促す声にようやく応じ、家斉が虚ろな視線を定信に向けた。

いつもの覇気は微塵も見当たらず、見るからにやつれている。

茂姫との逢瀬を邪魔されただけならば、これほど憔悴（しょうすい）はしなかっただろう。

蓮光院が毒を盛られたと家斉が知ったのは、大奥に乗り込んだ定信が大崎を相手に一歩も引かず、言い合う騒ぎを耳にしたのがきっかけだった。

騒ぎは時を同じくして、茂姫の耳にも達していた。

御床入りどころではない事態が起きたと知るに及んだ茂姫は大いに恥じ、部屋に籠ってしまったという。

しかし家斉の反応は、御台所とは別物だった。

狙われたのが蓮光院と知った途端、様子がおかしくなったのだ。

本来ならば休ませるべきなのだろうが、将軍は千代田の御城のあるじ。しかも義理の母と言うべき人物が命を狙われている最中に気弱となり、寝込んでしまったとあっては示しがつくまい。

「それなる栗本に御言葉を」

「……励め」

定信に促され、家斉はぼそりと告げる。

「御意」

深々と頭を下げた元格は、定信の指示に従って退出していく。

家斉の憔悴しきった姿を目の当たりにしても、眉一つ動かさなかった。

中奥に出仕した小姓たちは、控えの間で落ち着かぬ時を過ごしていた。

常のごとく、当番の引き継ぎをする時間には余裕がある。

いつもであれば竜之介に煎じて貰った茶を喫し、雨の中を登城して滅入った気分を盛り上げて、御用に取り組む英気を養うひと時だった。

しかし今朝は、誰も茶を所望しない。

竜之介は湯を沸かすこともなく、火鉢の傍らで膝を揃えているばかり。

他の小姓たちも黙ったまま、じっと座り込んでいた。

家斉の様子がおかしいと、知らされたがゆえのことであった。

これは、蓮光院が狙われた事件とも関係しているに違いあるまい。

元より壮健な家斉だが、実は頭痛持ちである。

奥医師による総出の診察を以てしても原因は判明せず、気の病が体に影響を与えてのことと見なすより他になかったが、こたびの症状にも同じことが言えるだろう。

家斉は持病の頭痛を起こした時に、決まって同じうわごとを口にする。

義父上。

家基様。

許してくれ、許してくれ……

将軍職に就いた当初はなかったことだ。

いつ罪悪感が芽生え、家斉を苛み始めたのかは誰も知らない。

されど、元凶が誰なのかは明白である。

「かくなる上は一橋様に、御見舞いを願い出るべきぞ」

立ち上がりざま言い放ち、沈黙を破ったのは忠成だった。

「大和守殿っ」

慌てて止めたのは岩井俊作。

「そ、それは言うてはならぬことぞ」

「く、君子危うきに近寄らずと申すではござらぬか？」

高山英太と安田雄平も青ざめながら、口々に諫める。

しかし忠成は動じない。

「しらじらしいぞ、おぬしたち」

止める三人を黙らせると、居合わせた一同に向かって告げていた。

「実の父御（ててご）のためと申せど出世の道具にされたあげく、親の報いで苦しんでおられる上様が御気の毒とは思わぬのか？」

静まり返った小姓たちに、障子越しに呼びかける声が聞こえてきた。

「ご免。風見先輩はおられまするか」

「倉田か？」

その声を耳にして歩み寄った竜之介が障子を開く。

敷居際に控えていたのは、柳生道場の後輩でもある倉田十兵衛。

奥女中たちから飼い犬と飼い猫の治療と躾を仰せつかる小納戸の犬猫番は、長身で逞しい体つきをしていながら心優しく、動物の世話を無上の喜びとする青年だ。

「越中守様がお呼びにございまする」

口上を述べる十兵衛の表情は暗く、目が赤い。

「相分かった。急ぎ参ろう」

答える竜之介も、沈鬱な面持ちになっていた。

七

竜之介は十兵衛に先導され、定信が待つ御用部屋に向かった。

「栗本殿を手伝うて、ちびを腑分け致したのか」

「はい。越中守様のお申しつけで」

小声で答える十兵衛の目はまだ赤い。

夜を徹して間に合わせたという、検死のせいだけではないだろう。

「……左様か」

共に廊下を渡りながら、竜之介は小さく息を吐く。

定信も酷なことを命じたものだが、適任には違いない。

御用部屋が見えてきた。

「風見竜之介にございまする」

竜之介は訪いを入れ、障子を開く。

御用部屋には定信と元格が顔を揃えていた。

「風見、近う」

「ははっ」

定信に呼ばれた竜之介は膝を進め、十兵衛は竜之介の後ろに座る。

共に老中と同席など許されぬ立場だが、老中で最高位の首座にして将軍補佐の定信が許可を出したとなれば障りはあるまい。

「栗本、それを風見に見せてやれ」

定信に命じられ、下座にいた元格が竜之介に躙り寄った。

「栗本元格と申しまする。お見知りおきを、風見殿」

「風見竜之介にござる」

挨拶を交わした竜之介は、開かれた画帳に視線を向ける。

「……お見事な筆遣いにござるな」

解剖した犬の臓腑と、一目で分かる絵だった。

限られた時間で描かれたとのことながら、精緻極まる『解体新書』の完成度には遠く及ばぬまでも、急な腑分けと並行して描き上げ、翌日早々に持参したとなれば賞賛に値する出来と言えよう。

江戸一番の本草学者と呼ばれた田村藍水の次男に生まれた元格は、将軍家の奥医師を代々務める栗本家に婿入りするまで父の門下で学んだ身。かの平賀源内も同じ田村一門の兄弟弟子だ。

本草学は植物や鉱物にとどまらず鳥に虫、蛇や魚を含めた動物も研究の対象に含まれる。元格は動植物の全般を得意とし、博識で知られている。その上で漢方の医学を学び修め、奥医師の御役目を継ぐに至ったのだ。

元格の鑑識眼は、信頼に値する。

人材の評価に厳しい定信の目に叶ったのも頷けることだった。

「これは河豚の毒による症状の更に甚だしきものです。手を加え、濃さを増したのでございましょう」

痛ましく腫れた臓腑を写した絵を、元格は竜之介に指し示す。

「河豚の毒……？」

ならば、定信が狙われた時と同じではないか。

「間違いありませんよ、先輩。栗本先生が取り出しなすった臓腑に私は触れて確かめましたから。あれは間違いなく、河豚にあたった時の症状です」

驚きを隠せぬ様子の竜之介に、十兵衛は確信を込めて答えた。

十兵衛には本草学と医学の知識はなくとも幾多の動物と接し、その誕生と死に立ち会ってきた経験がある。その経験を定信は買って、元格と共に調べをさせたのだ。

「先だって越中守様のお命を狙いし曲者が用いたのも、河豚毒に手を加えたもの……あの時の身代わりは金魚でしたが、症状は同じですよ」

怒りを込めて呟く十兵衛に、元格が言い添えた。

「異国渡りの器具を使い、時と手間を惜しまず調合したのでございましょう。秘かに抜け荷を仕入れたか、蘭学に通暁した者の手になるものと思われまする」

二人の答えを聞き終えて、定信は所見を述べた。

「いずれにせよ、御手付きの座を狙う奥女中では手に余る。あやつらが入手し得る毒と申さば石見銀山が関の山。河豚を捌いて肝を取り出し、そのまま湯水に投じるぐらいの仕掛けならば容易かろうが、御菓子に仕込むのは無理であろう。蓮光院様を狙いし曲者は男、それもかなりの知恵と手蔓を持っておるに相違ない」

「ご明察かと存じます、越中守様」

首肯した元格に続き、十兵衛も無言で頷く。

話を締め括った定信は、二人に向かって告げた。

「大儀であったな栗本。倉田も下がって構わぬぞ」

「ははっ」

「失礼つかまつります」

御用部屋には竜之介だけが残された。

そろそろ引き継ぎの刻限である。

限られた時間の中で話を付けねばならないのは、定信も同じであった。

「風見、こたびの一件はそのほうの手に負えるか」

「看過致すわけには参りませぬ」

「左様。受けて立つしかあるまいぞ」

自身に言い聞かせるように定信は呟く。

たとえ黒幕が一橋家の治済だったとしても、見逃さない。

そんな決意が言葉の端々から伝わってきた。

その心意気や、よし。

こちらも全力で応えなくてはなるまい。

「されば命じるぞ、風見」

「ははっ」

「本来なれば上様の御意を得ねばならぬことだが、そのほうらも知っての通り、今はお話を致すこともままならん。前に命じた摂津守の件はひとまず措いて、蓮光院様の御命を狙いし慮外者を探し出し、成敗致せ」

「摂津守様の警固、そのために見合わせても宜しいのですか」

「身共から申しつけておく。当分の間、忍びの外出は相成らぬとな」

「越中守様……」

「摂津守を取り立てたのは身共だ。苦言を呈することも務めの内ぞ」

結果として、疎まれても構わない。

そう腹を括ったらしい。

「心得ました」

定信の決意を受け止めて、竜之介は頷いた。

「されば風見、助を一人頼んでは貰えぬか」

「助、にございまするか」

「こたびの一件は大奥絡み。おなごの手がどうあっても入り用じゃ」

「と、申しますと……」

「そのほうの妻女に大奥の探索と、蓮光院様の警固を任せたい」

「……」

押し黙った竜之介に、定信は続けて言った。

「されば西の丸下の屋敷に呼んで、身共から話を致そう。さすれば誓紙に背いたことにはならず、そのほうも角が立つまい」

そこまで手を尽くしてでも、手を借りたいのだろう。

これは竜之介の一存で拒めることではなかった。

弓香は亡き家治から葵の覆面を授かった身。

事あらば刀を取り、徳川の天下に仇なす敵と戦う使命を担っている。

一児の母となった身を危地に赴かせたくはないが、それは夫としての感情。

将軍家の臣下である限り、異を唱えるわけにはいくまい——。

八

弓香が西の丸下を訪れたのは、ちょうど昼八つだった。

本日は定刻通りに下城して訪問を待つ、と定信から招きを受けてのことである。

屋敷の表門を前にして、弓香は静かに息を継ぐ。

お引きずりに替えて小袖を纏い、動きやすく身なりを調えていた。胸高に締めた帯の間には懐剣の他に、武士が棒手裏剣の代わりに用いる馬針が忍ばせてある。

定信が危害を加えるつもりで呼び出したとは思わぬが、信用もできかねる。弓香は父の多門と共に、田沼家に味方をしたい立場だからだ。

多門は小納戸職を継いで間もない頃に竜之介の祖父の意行から教えを受け、意行の嫡男である意次とも親しく接し、その人となりを知っている。

その意次を定信は失脚させ、天下の舵取り役を奪ったのだ。

本音としては顔も見たくない相手である。

しかし定信は御政道を牽引するのみならず、夫の職場まで仕切る立場。

出向かぬわけにはいかないし、嫌悪の念を示してもなるまい。

弓香は改めて呼吸を調え、表門に向かって歩き出す。

「まだ息が乱れておるな。修行が足らぬぞ」

「父上？」

背中越しに聞こえた声に、思わず弓香は振り向いた。

「何となされましたのか。本日は小笠原様のお屋敷で対局なさると……」

「その若狭守様から伺うたのじゃ。御城中で剣呑なことが起きておると、な」

とぼけた口調で言う多門は、一筋の仕込み槍を杖の代わりにしている。

刀ならば預けなければならないが、杖は屋敷内まで持ち込める。若く見えても齢を重ねた身と言えば、取り上げられることもないだろう。

ありうることとは思いながらも、有事に備えての武装であった。


表門の番所に取り次ぎを頼んだ二人は、すぐに奥へと通された。

案内をしたのは近習番の水野為長。定信が幼い頃から側近くに仕えてきた切れ者で主君の身の回りの世話のみならず、家中の探索役を取り仕切る立場でもあった。

「かたじけない。無粋な年寄りは門前払いされるとばかり思うておりましたぞ」

「手前あるじの申しつけなれば、お気遣いは無用にござる」

廊下を渡りながら自嘲する多門に、為長は淡々と答える。定信が弓香に無体を働くつもりで呼び出したかのような、侮辱を交えた発言にも乗ってこない。主君と同様に感情を込めることのない口調は腹心ならではと言うべきか。

「殿、お客人のご両名をお連れ申しました」

「大儀。左内(さない)は下がりおれ」

左内とは為長の通称である。

定信は上座(かみざ)に文机(ふづくえ)を置き、書き物をしている最中だった。

「風見竜之介が妻、弓香と申します。お呼びによって参上つかまつりました」

「松平越中守である。そなたと目通り致すのは初めてだの」

筆を置いて弓香に挨拶をした定信は、続いて多門に視線を向けた。

「お初にお目にかかりまする越中守様。付き添いの世話焼きじじいにございます」

「おぬしのことは元より存じておるわ風見多門。おふざけも大概(たいがい)にせい」

「ははは、一別以来にございましたなぁ」

眉一つ動かさずに応じた定信に笑みを返し、多門は弓香と共に膝を揃えた。

「越中守様、ご用向きをお聞かせくださいませ」

「流石(さすが)は風見の妻じゃ、話が早いの」

弓香の凜とした眼差しを動じずに受け止め、定信は口火を切った。

「話と申すは徳川の御家に仇なす大事。御上意には非(あら)ざれど上様を補佐つかまつる身として命じることだ。左様に心得て聞くがいい」

「ははっ」

折り目正しく弓香は一礼し、多門も無言で白髪頭を下げる。

面を上げたところに告げられたのは、思わぬ言葉。

「風見弓香、そなたに大奥への御奉公を申しつくる」

「は？」

「聞こえなんだか、大奥じゃ」

「私を……でございまするか」

「越中守様こそ、おふざけは大概になされませ。これなる弓香は世間から風見の鬼姫と呼ばれた男勝りなれど、今は夫と子を持つ身にございまするぞっ」

耳を疑う弓香に続き、多門が真顔で言い放つ。

「安堵せい。任せたいのはお命を狙われておられる、蓮光院様の警固役じゃ」

「蓮光院様が、お命を？」

「昨夜、何者かに毒を盛られた。黒幕は一橋様と身共は判じておる」

「………」

定信の言葉に多門は黙り込む。

一橋様こと治済は、田沼の一族に肩入れをする風見家にとって許せぬ相手。

しかし定信にとっては老中首座に推挙した恩人であり、望まずして久松松平家の婿にされた恨みを帳消しにしても余りある、同士と言うべき存在の筈であった。

治済を成敗することとなれば、定信も無事ではいられまい。

誰よりも、治済の実の子である家斉が許すまい。

一蓮托生となるのは、風見家の三人も同じこと。

竜之介は元より弓香と多門、幼い虎和まで罪に問われかねないのだ――。

「先々のことは思案をせずともよい。まずは蓮光院様をお守りしつつ、曲者の素性を暴くのだ」

多門の不安を読んだかのごとく、定信は言い添えた。

そう言われても、安心できるものではない。

「警固役ならば、別式女で十分にございましょう」

「かねてより御奉公をしておる者どもは信用が置けぬのだ。黒幕はどうあれ男子禁制の大奥で起きたことである以上、毒を盛ったのは女以外にあり得ぬからの」

食い下がる多門に対し、定信は引き下がろうとはしなかった。

その黒幕が治済であれば我が身も終わると分かっていながら、こたびの事件から手を引くつもりはないのだ。

「されば越中守様、ここはそれがしが老骨に鞭打って……」

なおも多門が食い下がろうとした時、弓香が口を開いた。

「ご用向き、しかと承りまする」

「弓香、何を申すのかっ」

多門は慌てて向き直る。

「影の御用は風見家代々の務めにございます。女でなくば全うできぬことならば、私が出るより他にございますまい」

「大奥の女どもは魑魅魍魎。そなたが手に負える相手ではないのじゃぞ?」

「私は鬼姫。化け物退治には打ってつけでございましょう」

「どうあっても引き受けるのじゃな……」

「家は内助の功なくして成り立たぬもの。今がその時と存じまする」

決意を込めて多門を説き伏せる弓香に、定信は無言で視線を向けている。

田沼竜之介は良き妻を得た。

意次とその一族への尽きぬ怒りを抜きにして、そう思わずにはいられなかった。

第三章　父鬼(てておに)の上様見舞い

一

今日は六月十八日。大奥を震撼させた一大事が出来(しゆったい)した翌々日の昼下がり。

嘉祥の日に始まった土砂降りは、いまだ勢いが衰えずにいた。

本丸御殿の破風(はふ)に爆(は)ぜた雨粒が次々に瓦(かわら)を伝い落ち、竜之介に降りかかる。

竜之介は当番の引き継ぎを終え、玄関内の下部屋から出てきたばかり。迎えの瓜五が届けてくれた塗り笠を被り、袖つきの合羽を纏っている。参三が差しかけてくれる番傘では用をなさず、主従揃ってずぶ濡れになるだけと判じてのことだった。

「とんでもねぇ降りだなぁ……殿様。やっぱり番傘も使いやしょうよ」

「それには及ばぬと申したであろう。おぬしたち、この荒れ空に相済まぬな」

「滅相もございやせん。殿様こそ、お風邪を召さないようになすってくだせぇまし」

参三の申し出に謝意を示した竜之介を、瓜五がまた気遣う。

奉公先の定まらない渡り中間だった瓜五だが、風見家には居着いて久しい。

隠居した多門を無二のあるじと慕っていたため、後を継いだ竜之介に最初は反抗的だったが小柄で童顔ながら骨があり、弓香がべた惚れになるのも当然と分かってからは態度を改め、忠義を尽くすようになった。

しかし兄貴分の参三に対しては、弟分の勘六と同様に手厳しい瓜五である。

「はっくしょん!」

本丸を出て中雀門から中の門、大手三の門を潜って下乗橋を渡っている時、参三が派手にくしゃみをした。

「大事ないか、おぬし」

竜之介が肩越しに声をかけた。

「ご無礼しやした、殿様」

鼻をすすった参三は、弁解がましく言い添えた。

「水無月も半ばを過ぎたってのに梅雨寒たぁ、浅間山が火ぃ噴いてからこっちの天気はどうかしておりやすよ。六年経っても飢饉が絶えねぇ筈でさ」

「天地ばかりは人の力ではどうにもならぬ。人智を尽くして天命を待つより他にあるまいよ」

歩みを止めずに呟く、竜之介の表情は暗い。

参三にしてみれば愚痴の種でしかない出来事も、竜之介にとっては敬愛する伯父の意次を破滅させた元凶だからだ。

天明三年――西暦一七八三年の七月に発生した浅間山大噴火は、かつてない規模の災害だった。火口から溢れ出た溶岩流は山麓の一帯を焼き尽くし、飛び散る火山灰は信州一円のみならず江戸市中にも大雪さながらに降り積もり、上昇気流に乗った灰に厚く覆われた空の下で米も麦も実らず、未曽有の大飢饉に見舞われた日の本は一揆と打ちこわしが相次いだ。

前の天明二年には小田原が八十年振りと言われる大地震に襲われ、江戸では高波と暴風雨で新大橋と永代橋が倒壊。不安が尽きぬ最中に浅間山が大噴火し、東北の各地では餓死する者が続出。時の老中だった意次は事態の収拾を迫られた。

幕政を大胆に刷新し、北海の先に帝国を構えるオロシャとの交易まで視野に入れた商業の振興を優先していた意次も諸策を中断せざるを得ず、若年寄に抜擢した嫡男の意知と二人体制で幕政を立て直そうとしたものの、明くる天明四年の三月二十四日に御城中で意知が新番士の佐野政言に刺されて落命。支えを失った意次は、幕政改革の失敗に加えて天変地異を招いた責まで取らされて失脚。親族も面会を許されない蟄居謹慎に処されたまま天明八年七月二十四日、孤独の内に病で果てた。

悪夢のごとき数年のことを思い出すたび、竜之介の心は乱れる。

しかし、参三に元より悪意はない。

世話焼きでありながら、少々配慮に欠けるだけなのだ。

「兄い、そんなことより風邪っぴきにお気をつけなせぇ」

黙々と歩き続ける竜之介の後方で、瓜五が参三に何事か言っている。

「おや、俺の心配をしてくれるたぁ珍しいな。こいつぁ明日は雨……ああ、とっくにざんざ降りだったな」

「何を言ってんです。この調子なら風邪の心配はいりやせんね」

「どういうこったい、瓜五」

「ほら、何とかは風邪をひかないって言うじゃありやせんか」

「この野郎、色男だからって調子に乗るんじゃねぇやい」

気をよくした途端に小馬鹿にされ、参三は息まいた。

「こないだ東両国で小耳に挟んだぜ。お前、出刃打ちの巴太夫に振られたそうだな」

「誰に聞いたんですかい、兄い」

「あの界隈じゃ専らの噂よ。お前と曖昧宿にしけ込んだ明くる日に見世物小屋を辞めちまって、今じゃ居場所も知れないそうじゃねぇか」

「お生憎様、あっしらは割り切った付き合いでしたんでね、兄いみてぇに別れた女のことを未練たらしく後に引きずりゃしやせんよ」

「ちっ、人様の色恋に口出しするない」

「そいつぁ兄いのご勝手ですが、余計なことは言わねぇでくだせぇ。ただでさえ安い値打ちが底抜けにぶっ下がっても知りやせんよ」

「おい、誰が安い男だってんだ」

「鏡をご覧なせぇまし。素寒貧でも水鏡なら、そこらじゅうにありやすぜ」

「ちっ、口の減らねぇ野郎だな……」

そんな言い合いを耳にしながら、竜之介は歩みを進める。

雨ばかりか風も勢いを増しつつあったが、小柄な五体は揺るぎもしない。

視界も霞む雨風の中、主従の行く手に大手御門が見えてきた。

「御役目ご苦労にござる」

濡れ鼠になって見張りに立つ番士たちの労をねぎらい、竜之介は御門を潜る。

橋を渡って御濠を越えると、下馬札(げばふだ)の前に出た。竜之介の下城を待つ供の一行にも容赦なく、大粒の雨が降りかかっていた。

「ひひーん！」

竜之介の姿を見るなり疾風が嘶(いなな)いた。黒い瞳を輝かせ、轡(くつわ)を取る左吉と右吉を引きずらんばかりの速足(はやあし)で、とっとっとっと歩み寄っていく。

駿馬の精悍な体を支える四肢は逞しく、連日の大雨で整備が行き届かずにいる地面のぬかるみをものともしない。火照(ほて)った馬体は湯気を立て、汗が盛んに飛んでくる。

「疾風、おぬしも大儀であったな」

竜之介は飛び散る汗を気にも留めず、甘えかかる疾風を撫でてやった。

「流石は殿様。参三兄いのいやらしい手つきとは違いやすねぇ」

勘六はいつもの毒舌で参三をやり込めながらも速やかに、愛馬に跨(また)がる竜之介に長柄傘を差しかけた。

「出立！」

彦馬が発した号令の下(もと)、一行は豪雨に煙る千代田の御城に背を向けた。

先頭の権平は背筋を伸ばして歩きながらも前後左右に気を配り、行列の押(おさえ)としての役目を怠らない。

後に続く鉄二は槍の穂先を空に向け、雨の勢いに負けじと進みゆく。

参三は竜之介の替えの草履を大事そうに懐に抱き、挟み箱を担いだ瓜五も無駄口を叩くことなく歩みを進める。弟分の勘六も傘の長柄をしっかり握り、馬上のあるじを濡らさぬように努めていた。

二

「お帰りなさいませ、殿様」

帰宅した竜之介を弓香は三つ指をついて迎えた。西ノ丸下の屋敷での烈女ぶりとは別人のごとく、淑やかなたたずまいである。

昨日の顚末を弓香が語ったのは夫婦の部屋に入り、竜之介と二人きりになった後のことだった。

「そなたばかりか義父上も大奥に、だと?」

報告の最後に思わぬことを告げられて、竜之介は目を丸くする。

定信が弓香を西ノ丸下の屋敷に呼んで蓮光院の身辺警固、そして大奥に潜んでいるに相違ない曲者の探索を申しつけたいとの意向は昨日の内に、当の定信自身の口から聞かされた竜之介である。

しかし、まさか多門まで志願するとは思ってもいなかったのだ。

「五菜と申さば御年寄と御中臈が自腹で召し抱え、御城外への買い物や雑用に使うておられる下男であろう。蓮光院様がお雇いになられても障りはなかろうが、義父上は隠居なれど歴とした上様の御直参。下男の真似をさせるわけには参るまい」

「私も左様に申して止めたのです。したが父上はそこが目の付けどころ、槍の風見が五菜になりすましたとは誰も思う筈があるまいと……。私の身を案じる余り、越中守様にご無理を通されたのでございましょう」

弓香は申し訳なさそうに呟いた。

「これっ、左様な顔を致すでない」

竜之介は思わず手を伸ばし、弓香の肩を抱いていた。

「殿……竜之介様」

「そなたを案ずる気持ちはそれがしも元より同じだぞ。大事な妻を魍魎ひしめく大奥になど、誰が好んで参らせたいものか」

竜之介は憮然としながらも、愛妻への想いを口にせずにはいられない。

そこに明るい声が割り込んだ。

「流石は婿殿じゃ、よう言うてくれたのう」

「義父上？」

いつの間にか敷居際まで忍び寄り、話を聞いていたらしい。

竜之介は驚きながらも腰を上げ、障子を開く。

「これ婿殿、左様に怖い顔を致すでない」

無言で見返す竜之介に、多門は明るく微笑みかけた。

「事の次第は聞いて貰うたとおりじゃ。わしも越中守様のお取り計らいで蓮光院様にご奉公致す運びとなったのでな、御城中では宜しく頼むぞ」

悪びれることなく語る多門を、竜之介は怒るに怒れない。

多門は笑顔で敷居を跨ぎ、弓香の隣に腰を下ろした。

「さ、婿殿も座った座った」

竜之介は溜め息を吐き、二人の前に膝を揃えた。

「わしが越中守様に無理を通したのは、親馬鹿というだけのことではない。こたびの一件は小物の仕業、一橋様のお指図に非ずと判じたからじゃ」

竜之介が落ち着いたのを見届けて、多門は弓香にも明かさずにいた真意を語った。

「父上、その小物とは何者ですか」

「調べをつけるまでは分からんよ。したが大奥に執着し、利用したい手合いであるのは間違いなかろう」

「と申されますと、疑わしきは大崎様以下の御年寄に御中臈……」

多門の言葉に戸惑いながらも、弓香が呟く。

「誰であれ、蓮光院様がご存命のままでは立場が悪くなる者じゃ」

弓香の言葉を遮ると、多門は続けて言った。

「さもなくば十代様から御寵愛を賜りて、家基様の御生母となられたお方のご一命を縮めようとは思うまい」

「されど義父上、蓮光院様は落飾なされて久しいお方にござる。元より度(ど)し難(がた)いことなれど、お命を頂戴して何の得があると申されますのか」

「そこじゃよ、婿殿」

口を挟んだ竜之介に、多門が答えた。

「わしが存じ上げておる一橋様は徳川様の御宗家、すなわち将軍家の御威光を何より大事にしておられた。権謀術数(けんぼうじゅっすう)の権化(ごんげ)なれど簒奪(さんだつ)はせず、分(ぶん)を違(たが)える真似もなさらぬ。十代様と家基様は元より、蓮光院様のお命まで狙わせる筈がなかろう」

「では何故、一橋様のお指図との噂が絶えぬのでございまするか」

「そういうことならば腑に落ちる、得心できるという者が多いからよ。あるいは一橋様ご自身が、左様な噂を流させておられるのやもしれぬなぁ」

「ご自身で？　そこに何の得があると申されますのか」

竜之介は戸惑いながらも問い返す。

「上つ方とはそういうもんじゃよ。齢を重ねるほどに、のう」

多門は苦笑交じりに呟いた。

「お前さんがわしの後を継ぎ、御城中にて接しておるのは上様はじめ、いまだ汚れてはおられぬお方たちばかりじゃろう。されどな婿殿、人を制するに策を用いるを常としなさる御仁（ごじん）は実に多い。ご無礼ながら、一橋様はその典型よ。権謀術数の権化と言うたじゃろ？」

「……越中守様でも、お手に余ると申されますのか」

「難しいじゃろう。集めた風聞を鵜呑みにし、こたびの黒幕と信じ込まされてしまう体（てい）たらくでは、のう」

「ゆえに一橋様を疑（うたご）うて、調べに手間と時を費やすのは無益であると」

「そういうことじゃ」

意を得て多門は微笑んだ。

「越中守様のお指図任せにしておけば、一橋様のお屋敷まで探れと命じられたに違いない。弓香が大奥に奉公し、婿殿は元より中奥詰めで勝手に動けぬとなれば、そちらの調べに駆り出せるのはわししかおらん。そこで越中守様に先手を打って、無駄働きをさせられぬようにしたのじゃ」

「調べの的(まと)は大奥に絞るが賢明、と父上はお考えになられたのですね」

弓香は感心した様子で呟いた。

「うむ、その上でおぬしを助けられればと思うての」

「かたじけのう存じまする」

「とは言うても、男の身では限りがあるぞ」

多門は弓香に釘を刺した。

「五菜は大奥に出入りを許された身なれど、行き来できるのは御広敷までじゃ。婿殿も上様の御刀持ちが御役目とは申せど、御錠口を勝手に通ることは許されん。蓮光院様の警固のためと称して弓香にいちいち出向いて貰わねば、連絡を取り合うのもままならぬわけじゃ。いずれ不審に思うた奥女中どもが大崎様辺りに注進(ちゅうしん)し、要らぬ騒ぎを招きよるじゃろう」

「ううん、何と致しましょうか……」

弓香は困った様子で眉根を寄せた。

「誰にも疑われずに我ら三人の間を繋ぐ、連絡役が必要でござるな」

父と娘のやり取りに、竜之介が口を挟んだ。

「そうだのう。中奥にもお出入り勝手の御伽坊主、さもなくば奥医師が望ましいの」

「その役目、元格殿にお頼みしましょう」

「左様なことができるのか、婿殿」

多門が驚きを隠せぬ様子で問いかけた。

「確かに打ってつけじゃが、あの先生は奥医師を代々務める栗本家の四代目、それも婿養子ぞ。下手を致さば縁組を解かれ、栄えある立場を棒に振ると申すに、合力してくれるとは思えんが……」

「ご懸念には及びませぬ。あちらから手伝いたいと申し出て参られたのです」

「まことですか？」

「冗談ではあるまいの、婿殿」

「嘘偽りを言うても始まりますまい」

目を丸くして問う弓香と多門に、竜之介は自信を持って請け合う。

それは奥小姓の当番が明ける間際の、中奥での出来事だった。

三

「ちびの無念を晴らしたいのです！　私にもお手伝いをさせてくださいっ、先輩!!」

竜之介に思わぬことを申し出たのは、実は十兵衛が先だった。小姓の控えの間から竜之介を連れ出し、二人きりになって早々のことであった。

「声が大きいぞ、倉田っ」

「せ、先輩っ……」

「じっとしておれ」

竜之介は十兵衛の口を押さえ、廊下の隅に引っ張り込む。

折しも竜之介は休憩中。時間に余裕があることが不幸中の幸いだった。

小姓は二人一組で半刻(はんとき)――一時間ずつ休憩を取りながら御用を務める。

竜之介は忠成と共に御刀持ちを仰せつかることが多かったが、家斉は蓮光院の一件が起きた直後に原因不明の頭痛で倒れてしまい、いまだ寝込んだままである。

主君が起きられない有様では、御刀持ちには出番がない。

病床での世話は家斉の幼馴染みでもある中野定之助を初めとする小納戸衆が焼いており、小姓たちにできるのは病室で付き添うことのみ。

家斉が元気な時は剣術の稽古と打毬の相手に引っ張り出される竜之介と忠成も例外ではなく、他の小姓と同様に半刻ずつ、病室となった御小座敷の下段で神妙に、膝を揃えて時を過ごすばかりだった。

その点は十兵衛も小姓たちと同じである。

小納戸とはいえ犬猫番という役目柄、家斉の身の回りの世話には日頃から関わっていないからだ。

蓮光院の一件で動揺した奥女中たちは犬猫の躾を十兵衛に頼むどころではなく、暇を持て余して竜之介を連れ出したかと思いきや、切り出されたのは思わぬ話。まずは落ち着かせなくてはなるまい。

十兵衛は一旦戻り、茶道具を取ってきた。

「さ、小納戸の控えの間に参ろう」

「嫌ですよ、先輩」

「子供でもあるまいに駄々をこねるでない。一服して気を鎮めるのだ」

「せっかくですが、お茶を飲んでおるどころではありません」

「ともあれ参るがいい。小納戸頭取の杉山様も交えて、話をしようぞ」

「……それはお止めになられたほうが宜しいですよ」

「どういうことだ、倉田」

「私がお手伝いをしたいのは、先輩が影でやっていることだからです」

「倉田、おぬし……」

「左様なことを余人の前で話すわけには参りますまい。違いますか？」

「……」

思いつめた表情で畳みかけられ、竜之介は押し黙る。

「お答えくだされ、先輩」

「ま、待て」

十兵衛は竜之介に詰め寄るばかりか、腕まで摑んできた。

武芸の腕前はからっきしでも、十兵衛は膂力が強い。

とはいえ関節まで極められたわけではなく、虚を突いて振りほどくのは容易いことだが騒ぎになっては困る。

「おぬし、俺に何をせよと申すのだ」

竜之介は十兵衛と目を合わせ、努めて冷静に問いかけた。

「元より脅すつもりなどありません。先輩のお仲間に加えて頂き、可愛いちびを酷い目に遭わせた奴に思い知らせてやりたい。ただ、それだけが望みなのです」

「あの仔犬を、そこまで大事に想うておったのか」

「ちびに限ったことではありません。奥女中の方々が飼うておられる生き物は、犬猫に限らず大事です。理由もなく命を奪うは元より、傷つけるのも許せませんよ」

「毒入りの茶を越中守様が検めなさる時に使うた金魚も、か」

「もちろんですよ」

竜之介の腕に加わる力が増した。

「先輩もご存じのとおり、蓮光院様のお菓子に仕込まれたのも河豚の毒に手を加えたものです。越中守様のお命を狙うたのと同じ曲者の仕業とあらば好都合。金魚たちの恨みも晴らしてやりましょう」

「倉田……」

竜之介は絶句した。

あの温厚な十兵衛が、怒りに目をぎらつかせている。

罪なき生き物を悪しき企みの巻き添えにし、無辜の命を奪った相手がそれほどまでに憎いのだ。己が手で意趣返しをせずにはいられないのだ。

気持ちは分かるが、そんなことはさせられまい――。

「聞け、倉田」

告げると同時に、竜之介は体を捌いた。

振りほどいた次の瞬間、太い右腕を逆に締め上げる。

「ひ、卑怯ですよっ、先輩！」

一瞬の内に利き腕を封じられ、十兵衛は動揺を露わにした。

「何とでも申すがいい」

対する竜之介は冷静。語りかける口調も静かだった。

「曲者を許せぬ気持ちはこちらも同じ。ちびたちの意趣返しは俺に任せよ」

「せ、先輩」

「おぬしの手は小さな命を慈しみ、守り育てるためのものであろう。外道の血で穢すことは相ならぬ」

「………」

「いま一度申しておく。始末は俺に任せよ」

「貴公、ちと格好をつけすぎではござらぬか？」

押し黙った十兵衛に告げた直後、思わぬ声が聞こえてきた。

「既に倉田殿は私と共に、こたびの件に関わっておる。曲者が成敗（せいばい）されるところまで見届けたいと申すのも当然至極。思うところは、私も同じだ」

「お黙りなされ、先生」

竜之介は十兵衛を締め上げたまま、じりっと前に出た。

前触れもなく姿を見せた奥医師にどこまで聞かれたのかは定かでないが、元格は影の御用について知っている。さもなくば十兵衛も口にしなかった、成敗という言葉を出す筈がないからだ。

「待たれよ風見殿。貴公はこの手を何と見る」

元格は広げた右手を前に出し、迫る竜之介の眼前に突きつけた。

「どういうことだ、先生」

「答えよ」

訳が分からぬ竜之介に、元格は促す。

「……人を救うためのものでござろう」

近間に踏み込まんとした体勢のまま、竜之介は答えた。

「そのとおり。病を治し、傷を塞ぎ、人が生きるのを支えるための手だ。それと同時に死にゆく人を看取るものでもある。生と死に等しく携わる、それが医者というものだからな」

「生と死に等しく、となと」

「左様。人と犬猫の違いはあれど、倉田殿も同じことだ。死から遠ざけ、手を穢してはならぬの何のと、貴公の理屈で決めつけるべきではあるまい」

「お黙りなされ」

竜之介は再びそう告げると更に一歩、前に出た。

「そこまでにせよ、風見」

続く動きを間髪容れず制したのは、定信の一声。

「え、越中守様……」

竜之介は思わず呻いた。

またしても近づく気配を察知できぬとは、らしからぬ不覚であった。

定信は三人を御用部屋に連れて行った。

信明を初めとする、他の老中たちには席を外させた上のことである。

「そのほうが素手でも人を殺められるのは存じておる。したが、栗本の口を塞ぐには及ばぬぞ」

上席に座った定信は文机越しに、竜之介をじろりと睨む。

「お言葉にございまするが越中守様、先生は何故に影の御用のことを……」

「その儀については、身共が明かした」

「まことにございまするか？」

「こたびの一件で手を借りるに際し、子細を伏せたままにしておっては得心させられなんだのでな」

「越中守様が仰せのとおりぞ、風見殿」

驚く竜之介を静かに見返し、元格が言い添えた。

「誤解なきように申しておくが、これは越中守様からご無理を強いられてのことには非ず。私が望んで願い出たと心得て頂こう」

「何故でござるか、先生」

「医者の関わる領域で外道に勝手をされるは元より見過ごせぬことだ。まして蓮光院様のご災禍は、私がお付きとなるのを待っていたかのごとく出来した。放ってはおける筈がなかろう」

淡々と語りながらも、元格の目の輝きは力強い。

固い決意を見て取った竜之介に、異を唱えることはできなかった。

四

「左様な次第じゃったのか。栗本様の四代目、なかなか骨のある御仁らしいの」

竜之介の話を聞き終えて、多門は感心した様子で呟いた。

「して、十兵衛さんは何とされたのですか？」

続いて弓香が問いかけた。

「倉田が直々に越中守様に願い出たのだ。荒事(あらごと)には向くまいが、得手(えて)を活かして励めとの仰せであった」

「得手を活かせ……か。主殿頭様が常々言うておられたことだのう」

多門は懐かしそうに微笑んだ。

「まことにございまするな」

応じて呟く竜之介も感慨深い。それは在りし日の主殿頭こと田沼意次が、竜之介に励ましと共に贈ってくれた言葉だった。

意次の末弟を父として生まれた竜之介と兄の清志郎(せいしろう)は、得意とするところが真逆の兄弟である。

学問に秀でた清志郎に対し、竜之介は武術の腕前が取り柄。武家の子として最低限の教養は身につけたが、頭の冴えは英邁な兄の足下にも及ばない。

悩んだ竜之介を肯定し、得手を活かせと言ってくれたのが意次だった。

清志郎は文、竜之介は武を以て御役に就き、上様に忠義を尽くせ。その上で田沼の一族が滅びぬように、事あらば支えてほしい。

そんな伯父の言葉に救われて、武術修行に精進してきたのだ。

しかし恩返しをしようにも、意次はこの世にいない。

意知に先立たれた上に失脚し、再起が叶わぬまま果ててしまった。

竜之介の鍛えた技は本来、敬愛する伯父のために、ひいては従兄の意知を後継者として存続する筈だった、田沼の一族のためのもの。

家斉から命を受けてのことならば意次の言葉に背くことにはなるまいが、若き将軍は病の床に伏し、今の竜之介は定信によって動かされている。

意次に成り代わって御政道の実権を握った上に田沼家を冷遇し続ける、伯父の仇と言うべき男が命じるままに動くことに、抵抗感を覚えるのは事実である。

されど定信は老中首座にして将軍補佐。いまだ十七歳の家斉を、実の父の治済から頼まれて支える立場だ。

主君の家斉が認めた補佐役であるからには従わざるを得ず、十兵衛に与えた言葉が亡き意次の受け売りではないかと思いながらも口には出せない。

「何としたのじゃ、婿殿。浮かぬ顔になっておるぞ」

「いえ、大事はございませぬ」

老いても勘働きの鋭い多門に訝られ、竜之介は平静を装った。

「十兵衛さんこそ、まことに大事ないのでしょうか」

弓香が心配そうに呟いた。

「案ずるには及ぶまい。あの若いのは掘り出しもんじゃよ」

多門は大きな手のひらを打ち振りながら微笑んだ。

「婿殿は元より承知の上じゃろうが犬猫は言うに及ばず、牛馬のことも本職の馬医者さながら。おまけに腕っ節も大したもんだと聞いておるぞ」

「馬のことは疾風が世話になっておりますが、牛まで扱えたのですか？」

それは竜之介も初耳だった。

「ほれ、麻布の永坂町で婆さんが荷車の下敷きになりかけたのを、車を引いとった牛が踏ん張って、助けたことが評判になったじゃろ」

「摂津守様の一件で麻布界隈に通うておった折に耳にしました。卯月のことでございましたな」

「その牛が足を傷めてしもうての、どの馬医者も治せぬと匙を投げたのを南のお奉行が潰すには惜しいと哀れんで、旗本仲間のつてを頼って見つけた十兵衛さんに治療を任せたんじゃよ。力んだ弾みでずれた骨を繋いだ腕前は元より、蹄を削られるのを嫌がって暴れるのを大人しゅうさせた膂力も人並み優れていたと、ご直々に牛の見舞いをなすったお奉行も感心しておられたよ」

「それがしの与り知らぬところで、左様なことがあったのですか……」

「自慢を致さぬ謙虚さも、良きところと言えそうだのう」

「まことにございまするな」

十兵衛を讃える多門の言葉を耳にして、竜之介は我がことのように微笑んだ。

南町奉行の山村信濃守良旺は多門が現役の頃からの碁敵で、閑さえあれば数寄屋橋の奉行所に併設された役宅に呼び出している。十兵衛の知られざる評判は、その折に聞かされたらしい。

「難しい治療をこなす腕を持っていながら打物を捌く手の内が会得できぬ道理はあるまいし、腕っ節の強さも武器になる。掘り出しもんと呼ぶにふさわしかろう」

「されど義父上、倉田は……」

「分かっとる。優しすぎるのが玉に瑕だと言うんじゃろ」

「左様にございまする」

「剣術を幾ら学んでも身につかなんだと申すのは、それゆえじゃな」

「ご推察のとおりにござる。子供の頃のことではありますが、底意地の悪い兄弟子に幾たびとなく痛めつけられても、人を打つより自分が打たれるほうが辛抱できますと言うておりました」

「その兄弟子どもを代わりに叩きのめしてやったのが、婿殿かな？」

「お察しのとおりにございまする」

「弱気を助け強きをくじく……子供の頃から変わっておらぬな」

「恐れ入りまする」

「なればこそ、おぬしは影の御用に向いておるのじゃ。わしと弓香も、のう」

「されば、倉田は」

「掘り出しもんと言うたのは嘘ではない。強うなる下地は申し分なかろうよ」

竜之介に多門は請け合った。

「難儀なのは、打つよりも打たれることを望むと申した気質じゃな」

「それでは命が幾つあっても足りませぬ」

弓香が堪らずに呟いた。

「影の御用に戦いは付き物。おなごの身で出過ぎた物言いやもしれませぬが、十兵衛さんが自力で生き残る術を会得するまで、矢面に立たせるのを避けましょう。竜之介様や父上のように背中をお預けできる域に至るは無理にせよ、足手まといにならない程度にはなって頂かなくてはなりますまい」

「我が娘ながら辛辣だのう……したが、弓香の申すとおりぞ」

「それがしも異存はござらぬ」

妻と義父の所見に逆らわず、竜之介は頷いた。

こたびの御用における、十兵衛の役割は後方支援。

くれぐれも血気に逸らぬようにと、釘を刺しておかねばなるまい——。

五

一夜が明けて十九日。三日続いた大雨も、ついに勢いが弱まった。

いまだ梅雨は明けずとも、あの大降りを思えば雨中の登城も苦にはならない。

竜之介は一番乗りした下部屋で装いを調え、常のごとく金井頼母と水野忠成らが出揃うのを待って中奥に出仕した。

　家斉の病状は相も変わらず、大奥に渡るどころか起きることもままならずにいる。

　看護をするのは小納戸衆のみ。

　束(たば)ね役の中野定之助は当年二十五歳と若いながらも万事に配慮が行き届き、当番を引き継ぐ前に小姓たちの機先(きせん)を制しておくのも忘れない。

「上様の御警固、件(くだん)の曲者のこともござれば本日も抜かりなく、ご専心くださるようにお願い致しまする」

「心得た。おぬしこそ、しかと頼むぞ」

　控えの間にいち早く訪問され、丁重に釘を刺されてしまった頼母は、今日も文句を言えずじまい。警固に専心しろとは、余計なことには手を出すなということだ。

　恐れ知らずの定之助は、いずれ頭取に昇格すると目(もく)されている。

　役職としては格の高い小姓だが、頭取同士ならば小納戸が立場が上。しかも頼母は先の出世など望めぬが、若く優秀な定之助は将来を嘱望されて止(や)まない人材である。

「中野め、いつもながら生意気な奴だ」

「あの賢(さか)しらげな顔に腹が立つ。一度でいいから引っぱたいてやりたいわ」

「馬鹿を申すでない。あやつは上様の幼馴染みだぞ」

悠然と立ち去る定之助を見送りながら岩井俊作と高山英太が愚痴り合い、安田雄平が宥めるのも毎度のことだ。

他の小姓も不満げな面持ちをしている中、水野忠成は竜之介の茶で一服していた。

「やれやれ、どいつもこいつも受け流すということを知らぬのだな……あれでは剣の上達も望めまいよ」

「左様にござるな」

苦笑いに応えつつ、竜之介は金井頼母から所望された茶を煎じる。

「して、風見はこの有様を何と思うておるのだ」

「中野殿がどうであれ、上様の御平癒(ごへいゆ)を謹んでお待ち申し上ぐるのみでござる」

「おぬしはやはり忠義者だな。流石は主殿頭様の甥御殿だ」

「過分なお言葉、痛み入り申す」

「礼には及ばぬ。こちらこそ、いつもながらかたじけない」

乾した茶碗を盆に戻し、忠成は腰を上げる。そろそろ引き継ぎをする時分だった。

弓香と多門が蓮光院お付きの別式女と五菜を装い、大奥に奉公するまでには数日を要する。定信による人事とはいえ、即日採用というわけにはいかない。

その間に竜之介は元格と連携し、探索を先行させていた。

十兵衛も交えてのことである。

「おぬしが犬猫番でよかったぞ。さもなくば不審に思われただけであろう」

「お褒めに与り恐縮ですが流石に手に余りますねぇ、先輩」

「なればこそ俺もこうして手伝うておるのだ。それにしても小さいくせに気性が荒いものだな」

「歯がぐらついてむずがゆいのですよ。一口に噛み癖と言うてもさまざまですから」

生え替わり中の歯を竜之介の手に盛んに立てる仔犬を横目に、十兵衛は微笑んだ。

竜之介が十兵衛、更に元格を通じて奥女中たちに伝えたのは、蓮光院の一件で動揺したのは人だけではなく犬猫も同じこと、とりわけ犬は散歩が必要であり、気晴らしをさせるためには小半刻で構わぬから日に一度、大奥の外へ出してやるのが肝要——という忠告だった。

「本来ならば朝夕の二度が望ましいのですが、どの仔も喜んでおりますね」

「うむ、なかなか壮観だな」

二人が見守る視線の先では、仔犬たちが嬉々として駆け回っていた。

表と中奥、そして大奥が設けられているのは千代田の御城の一階部分。部屋と部屋の間には中庭があり、犬を遊ばせるのには程よい広さだ。

竜之介は定信の了解を取りつけ、中奥でも家斉専用の区画から離れた位置の中庭を解放させたのである。

「あの越中守様が、よくお許しくださったものですね」

「御用のためとあっては否やはあるまい。本音はどうあれ、だがな」

「ふふ、さぞご立腹でございましょう」

竜之介と忍び笑いを交わしながらも、十兵衛は犬たちから目を離さない。

ほんの小半刻、一時間足らずでも油断は禁物。逃げ出されてしまっては探索に一役買って貰うどころではない。

「おお、可愛らしいものですな」

そこに元格が声をかけてきた。

「お犬を倉田殿に預けなかったのは、大崎様だけにござった」

微笑ましい光景に足を止めた態を装い、二人の耳元で囁く。

「ご名答。私の手控えとも合っております」

「されば、他に犬を飼っておる奥女中はおらぬのだな」

「左様。あとは猫ばかりにござる」

口を挟んだ竜之介に、元格は小声で返す。

奥女中たちの飼い犬を連れ出したのは、三人で考えた計画あってのことだった。

蓮光院が授かった嘉祥の御菓子に毒を仕込んだ曲者は当初の目的と違い、飼い犬のちびの命を奪ったのみ。不首尾に終わったことは無念だろうが罪悪感もある筈だ。

良心の呵責と無縁の輩であれば何も感じまいが、大奥に身を潜めているのであれば曲者は女人に相違ない。感情が男より複雑である以上、誤って仔犬を死なせたことを気に病んで、その後の行動に影響を及ぼす可能性が高いと言えよう。そこで犬たちに気晴らしをさせると称して、大奥から一斉に連れ出したのだ。

大崎が十兵衛に預けなかったのは蓮光院の代わりに果てたちびを愛犬に重ね、片時も手放したくないと思えばこそ。

元格は裏を取るために、大崎と話をしてきたという。

「平静を装うておられても、内心は怯えているのが明白。図らずも菓子鉢に近づいたのを慌てて抱き上げ、そちまで死にたいのかと叱るほどにござった」

「それは五分五分、いや、四分六といったところだな」

話を聞いた竜之介は、ぼそりと呟く。

曲者ではなかったとしても、あの一件を引きずっているのは間違いない。

他の奥女中たちも、これだけの仕掛けで疑いが晴れたわけではない。

「ご両人、おなごの心は繊細にして大胆なものにござるぞ」

二人に釘を刺すつもりなのか、元格が声を潜めて告げてくる。じゃれ合いに飽きたらしい仔犬が一匹、ちょこちょこと寄ってきたのを抱き上げながらのことだった。

「大崎様が烈女と恐れられながら、左様に濃(こま)やかな情をお持ちであるのも不自然とは申せまい。その逆で、たおやかな外見をしていながら気性が苛烈というおなごも世間には多い……我らの探す曲者が左様な手合いならば苛烈と申すにとどまらず、夜叉(やしゃ)や羅刹(らせつ)さながらの手合いでござろう」

「外面如菩薩(げめんにょぼさつ)、内心如夜叉(ないしんにょやしゃ)の理(ことわり)か」

「その手のおなごを存じておるようだな、風見殿」

「うむ……」

元格に問われた竜之介は、言葉少なに頷くのみ。

「先輩、そろそろ約束の刻限です」

「左様か。いま一度、骨を折らねばならぬな」

十兵衛に促され、竜之介は腰を上げた。

その腕に、元格は抱いていた仔犬をそっと手渡す。

「このちび犬もおなごなれば、どちらに転ぶか定かではござらぬ」

「ご冗談を。本草学にも長じておられる先生が、埒もなきことを申されますな」

竜之介が苦笑を浮かべるにとどめたのは、頼母が廊下を渡ってきたのを目にしたがゆえのこと。誰も通りかからなければ、文句の一つも言いたいところであった。

探索のために顔を合わせていて、他人の古傷を抉ることなど無用の筈だ。竜之介も進んで答えたいことではない。

「ちと付き合いにくいお方のようですね」

わらわらと寄ってくる仔犬たちに囲まれながら、十兵衛が呟いた。

「されど、役に立つのは間違いあるまい」

答える竜之介も手を休めず、群がる仔犬を抱き上げては用意の籠に座らせる。

そもそも定信が元格の申し出を認めて影の御用に加えたのは、小姓や小納戸と同様に将軍とその一族の御側近くに仕え、御役目の上で知り得たことを口外しない立場であるがゆえだった。

更に元格は奥医師として、出入りをすることの可能な範囲が広い。

これから共に蓮光院の下で働く弓香、そして多門と連絡を取るのは容易く、将軍の御付きである竜之介や十兵衛とも自然に接触できる。

先ほどのように大奥から連れ出した飼い犬を遊ばせる場に交じり、医学と本草学を合わせ修めた見地から十兵衛に助言をしている態でも装えば、誰も疑わないだろう。

「ここにおったのか、風見」

頼母が歩み寄ってきたのは、仔犬たちを無事に回収し終えた時だった。

「これは頭取様、犬の臭いはお気になられませぬか？」

「案ずるには及ばぬ。おぬしに限らず、我らが上様の御前に罷り出ることはしばらくないであろうからな」

竜之介に答える声はいつもながら穏やかだが口にした言葉はとげとげしく、大きな籠の中で肩を寄せ合う仔犬たちに向けた視線も冷たい。

「いかがですか頭取様、どの仔も可愛らしゅうございましょう」

「さもあろう。そこらの野良犬とは育ちが違うゆえな」

取りなすように呼びかけた十兵衛に返した答えも、剣呑なものだった。

六

二人と別れた元格は、再び大奥を訪れていた。

「栗本元格にござる。蓮光院様にお取り次ぎを」

「しばしお待ちくださいませ」

敷居際で応対したのは、お付きの奥女中。

正式には部屋子あるいは又者と呼ばれる、私的に雇われた立場である。大名や旗本の家来を又者と称するのと同じで、将軍家に仕える立場ではないからだ。

「お待たせ致しました。どうぞお通りくだされ」

「かたじけない」

慇懃に答えた元格は膝立ちになり、連なる部屋を抜けて奥へと向かう。

奥女中は御役目ごとの相部屋が殆どで、御中臈でさえ個室を与えられるのは将軍の御手付きとなった後のこと。

御台所は元より御年寄は別格で豪奢な住まいで暮らしており、蓮光院も先代将軍に寵愛された側室にして世子の生母だった立場上、粗末に扱われてはいなかった。

しかし待遇が幾ら良くても、命を狙われては堪るまい。

「失礼を致しまする」

「お入りなされ」

訪いに応じる声には、存外に張りがある。

「ご免」

部屋子が襖を開くのを待ち、元格は奥の間の敷居を越えた。

「毎日ご苦労様ですね、先生」

「蓮光院様こそ、お顔の色がだいぶ良うなられました」

「まぁ、まことに？」

「偽りは申しませぬ。初めておめもじ致しました折には失礼ながら、土気色にございましたゆえ」

竜之介に投げかけた一言ほどではないものの、口の悪い元格だった。

「ほほ、言い難いことをはきと申しますね」

蓮光院は可笑しげに微笑んだ。

本復しつつはあるものの、万全ではないのだろう。

まだ顔色は青白く、持ち前の美貌も以前と比べれば老け込んだ感が否めない。

それでも心にもない世辞を言われるよりは、むしろ心地よいらしい。

「失礼を致しまする」

元格は診察に取りかかった。

まずは手際よく脈を計り、目と舌を視診する。

将軍の代によっては実際に行われたという、糸で脈を取るといった無意味な診察をしない代わりに、体に触れるのは最小限。相手が女人であれば尚のことだ。

「もはやご心配には及びませぬ。後は眠りを深うして、食事をしっかりお摂りになるのみでご平癒なされましょう」

「心得ました」

「されば、本日はここまでにございまする」

「ご苦労様でした」

診察を終えた元格は部屋子が盥に汲んできた水で手を洗い、持参の手ぬぐいで入念に拭き上げた。始める前にも同様にしたことだ。

「時に蓮光院様、何か変わったものは見えませぬか」

「いえ、何も」

答える声は先ほどより張りが増し、憂いを帯びてもいない。

「それは重畳」

言葉少なに答える元格の目的は、幻覚が見えるか否かの確認だった。

人は気が乱れた時、物の怪が現れたと訴える。

あるいは実在するのかもしれないが、その多くは夢幻。

心の迷いが頭と目、更には耳と鼻まで及び、この世ならざる物の姿を目の当たりにしたばかりか音が聞こえ、臭いがするという錯覚に陥る。

幸いにも蓮光院には、そうした症状はないらしい。

「蓮光院様は気丈夫なお方でございますな」

「さもありましょう。何しろ、色々とございましたから」

「色々、にございまするか」

「それはもう、並の暮らしにはあり得ないことばかり。大奥におらねば倍の歳、百を過ぎても知らないままにお迎えが来ていたでしょう」

微笑み交じりに呟く蓮光院に、元格は無言で視線を向ける。

同じ大奥に身を置いても、今の暮らしは御手付き中臈だった頃とは別物。

かつての栄華を思い起こせば侘びしい限りに違いなく、あまつさえ命まで狙われたとなれば、平静を装うだけでも辛いだろう。

しかし、蓮光院に気負いは全く感じられない。

お知保の方と呼ばれた頃は夢想だにしなかったであろう暮らしに甘んじ、再び事を起こしかねない曲者に対する不安や動揺も、露わにすることはなかった。

同じ女でも、この人は違う。

守る値打ちがあるのだと、元格は改めて確信していた。

七

小康状態となった蓮光院に対し、家斉はいまだ頭痛に悩まされていた。

茂姫を慰めなくてはと思いながらも大奥に渡れぬほど、痛みが激しい。

それは家斉が十一代将軍の座に着いた背景に思いを巡らせた時、決まって発症するのと全く同じものだった。

家斉が亡き家治の養嗣子となり、次期将軍の座を約束されたのは世子の家基が急死したがゆえのこと。

その死には家斉の実の父である、治済が絡(から)んでいたのではあるまいか。

そんな疑惑を抱くたび、頭痛が起きてしまうのだ。

「上様……上様」

呼びかける声が遠くに聞こえる。

少年の頃から馴染んで久しい声だった。

「定之助、か？」

「御目覚めになられましたか……ああ、良かった」

礼儀を欠いた呟きも、無二の幼馴染みと思えば許せる。

それも家斉の身を案じてのことならば、叱れる筈がなかった。

しかし、すぐ上の役職である小納戸頭取は違うらしい。

「無礼であるぞ、中野っ」

「苦しゅうない。控えよ、杉山」

頭取の杉山帯刀が咎めようとしたのを止めるべく、家斉は身を起こした。

「ご無礼をつかまつりました」

定之助はまず家斉に、続いて帯刀に頭を下げた。

その上で、改めて家斉に向き直る。

「上様、御加減は宜しゅうございまするか」

「うむ。ようやっと、現世に戻った気分だ」

「幽世にお越しでございましたのか」

「正しく申さば、連れて行かれるところであった。しかと顔まで見えなんだが、余の存じ寄りのように思えた」

「ともあれ、御無事で何よりにございました」

笑顔で頭を下げる定之助に続き、小納戸衆は一斉に平伏する。

帯刀も同様に、若い配下の先導で深々と頭を垂れていた。

家斉が見た悪夢の内容は、元より察しがついている。

家治と家基。徳川十代将軍と、その世子。

頭痛に苛まれるたびに家斉が決まって漏らす、うわ言に出てくる二人に相違ない。

この場の誰もが分かっていながら、口には出せぬことである。

小納戸は小姓と同じく御役に就く際に誓紙を入れ、役目の上で知り得たことを余人に明かさぬことを誓わされる。

しかし、家斉のうわ言以上の口外法度（はっと）はあり得まい——。


「上様、御加減はいかがにござるかな」

思わぬ人物が御見舞いに訪れたのは、昼八つを過ぎた頃。

家斉が久々の食事代わりに甘味を所望し、台所方の役人が腕を振るったぜんざいを三杯お代わりした直後のことであった。

「父上？」

「そのまま、そのまま。どうぞ御楽になされませ」

恭しくも親しげに告げてきたのは徳川治済。当年三十九歳になる、家斉の実の父親にして一橋徳川家の当主だ。

「一橋様、お久しぶりにございまする」

啞然としたままの家斉に代わり、先に挨拶をしたのは定之助だった。

「おお、そちが付き添うてくれておったのか。いつもながら大儀であったの」

治済は定之助に顔を向け、労をねぎらう。

そして朗らかな口調のままに命じた。

「人払いじゃ。盗み聞かんとした者は、その場で成敗致すのだぞ」

「ははっ」

口調とは裏腹の剣呑な命令に、定之助は平伏を以て応じた。

「父上、もそっと近うなされませ」

「いやいや、滅相もございませぬ」

二人きりになっても、治済の態度は臣下の礼に則している。

されど、内容は別物であった。

「上様の御心優しきところは、いまだ変わっておられませぬなぁ」

「な、何を申されますか」

「埒もなき夢を御覧になられるのもいい加減になされませ。それでは征夷大将軍の名が泣きますぞ」

「さ、されど」

「十代様が何でござるか。上様にしか明かせぬことにございまするが、拙者にとっては単なる従兄弟。それもまことに凡庸な男でござった。ま、あの伯父上が父親であるのを鑑(かんが)みれば、上出来と申すべきやもしれませぬがな」

　対する家斉は一言もなかった。

　治済の悪(あ)しざまな物言いは今に始まったことではないが、家治は先代将軍にして家斉の義理の父である。悪口雑言に同意できる筈があるまい。

　治済が言う伯父上とは、九代将軍だった家重のことだ。

　八代吉宗の長男として生まれ、長幼(ちょうよう)の序(じょ)を重んじた吉宗が優秀だった次男の宗武と四男の宗尹を省みず、将軍の器に非ざるのを承知の上で、世子と定めた人物だった。

　お世辞にも優れていたとは言えぬものの、貶(おとし)めるべきではないだろう。

「して、あの愚者どもを上様は何と御覧になられますかな？」

「……」

「御答えくださいませ」

「……ち」

「は？」

「ち、父上の……仰せのとおり、かと」

「ははは、良き御答えにございまする」

治済は満面に笑みを浮かべた。

こうして無体な答えを強いるのは、家斉が幼い頃からのことである。

父上はどうかしている。

子供心に分かっていたが、逆らうことはできなかった。

その反動が幼馴染みの面々に褒美をちらつかせ、たとえば定之助が大怪我を負った木登りなどで競わせて悦に入ったり、一橋屋敷の池で繁殖していた蟹たちを踏んで皆殺しにするといった行動に走らせた。

そんな家斉も許嫁の茂姫が美しく育ちつつあるのを見て己を省み、強くあらねばと武芸に勤しむことによって改善されたが、やはり治済には逆らえなかった。

元より自ら望んだ将軍職ではない。

茂姫を妻に迎え、御三卿の一当主という立場になれれば十分だった。

しかし治済はそれでは収まらず、家斉を十一代将軍とするために知恵を巡らせ、策を弄(ろう)することを辞さなかった。

「……お答えくだされ、父上」

家斉は治済に問いかけた。

「何でございますかな、上様」

「祖父上や伯父上を貶(おとし)めなさるのは毎度のことなれど、なぜ家基殿のことだけは悪しざまに申されぬのですか？」

「困りまするな。それを御下問なされては……」

治済は本当に困った様子で眉根を寄せた。

「お答えを、父上」

迫る家斉は真剣な面持ち。

先ほどから頭痛がぶり返していた。

頭が痛いばかりか、かつてなく重い。

その痛みと重みが家斉を動かしている。

これまで言えずにいたことを、臆せず口に上(のぼ)せることができていた。

「いやはや、致し方ありませぬな」

治済は苦笑いを浮かべた後、さらりと答えた。

「まことに優れし者を貶めるのは讒言。許されぬことだからでございますよ」

「されば、家基殿は」

「まさに鳶が生んだ鷹。この上なき将軍の器にございました」

「それほどのお方を、父上は、なぜ」

「身共が何としたと仰せになられますのか」

「何故に父上は、家基殿を空しゅうなされたのですか？」

その問いを発した途端、ふっと頭が軽くなる。

しかし、喜びを覚えたのも束の間だった。

「はははは、上様は御冗談が御上手でございますなぁ」

「じ、冗談ではありませぬ」

「さすれば御心得違いと申し上げましょう」

「心得違い？」

「天地神明に誓うて、身共は何も致してはおりませぬぞ」

「まことですか、父上」

「この期に及んで偽りは申しませぬ。家基殿は元より十代様の御命を縮め奉ったのは身共の命には非ず。何者かが勝手に成したことでございます」

「勝手に、とは」

「人は偉うなるほど下々が気を回し、益となることをしてくれるのでございますよ」

「されば、父上の手の者が」

「いやいや、これも誓うて申しますが、一橋の家中ではありませぬぞ」

「左様なこと、信じられると思いますのか」

「ははは、いずれ上様も御分かりになられましょう」

明るく笑った治済は、続けて家斉に告げていた。

「そなたも左様な立場と相成ったのだ。狼狽えず、腹を括りて天下を統べよ」

口調のみならず表情まで、臣下から父親に一転していた。

「御答えは以上にございまする、上様」

また臣下らしい態度となって、治済は微笑みかけてくる。

「病は気からと申します。くれぐれも気丈になられませ」

「こ、心得まする」

「時に上様、御子種を無駄にしてはおられませぬな」

「はい、お申しつけのとおりに」

「どれほど猛ろうと独りで漏らさず、おなごに余さず注いでおるのでしょうな？」

「は、はい」

「それは重畳。次なる和子の御生誕を心待ちにしておりますぞ」

「肝に銘じて励みまする、父上」

従順に答えながら家斉は思った。

この男は、鬼だ。全てを思いどおりにせずにはいられない、悪鬼なのだ。

今になって気づいたところで手遅れだ。

家斉は鬼が運んだ恩恵に浴し、将軍の座に就いてしまった。

位牌に泣きついて謝ったところで、家基も家治も許しはすまい。

それに亡き先代将軍と世子の怒りが頭痛の真の原因ならば、治済もそれ以上の祟りに見舞われているに違いない。

しかし、治済は壮健にして精力旺盛。気丈夫なのにも程がある。

そんな鬼の血を、家斉は引いているのだ。

確かに腹を括るべきだ。

自分も鬼になるべきだ。

父の思惑を超える、徹底して我がまま勝手な将軍になってやる。

そう思い至った時、家斉の頭痛は失せていた。

「されば上様、くれぐれも御大事になされませ」

人払いを解かせた治済は折り目正しくも機嫌よく、御座の間を後にした。

「お越しにございましたのか、一橋様」

その背中に低く呼びかける者がいた。

「越中守か。久しいの」

振り向いた治済の口調は素っ気ない。

「は」

応じる定信も言葉少なであった。

「そのほうの精勤ぶりは聞いておる。我が上様の御為に、ようやってくれておるのは何よりじゃ」

「それが拙者の務めにございますれば、お気遣いは無用にござる」

「ま、励め」

淡々と答えた定信に一言告げて、治済は歩き出す。

背を向けた定信は御用部屋に急ぐ。

悠然と下城していく従兄弟を、もはや一顧だにしなかった。

今日は御政務の他にもすることがある。

影の御用の一環として、今宵の内に片を付けねばならないことだった。

八

「出かけるぞ左内。駕籠を二挺、支度致せ」

定信は下城して早々、近習番の為長に命じた。

「お乗物を二挺、でございまするか？」

「国許で使うておったものがあるだろう。まさか勝手に売り払うてはおるまいな」

「滅相もありませぬ。お申しつけどおり、いつでもお使い頂けますように修繕もしてございまする」

「ならばよい。身共は古いのに乗るゆえ、日頃使うておるのは空駕籠のまま運べ」

「心得ました。して殿、どちらまで参られますのか」

「下麻布は白金、堀田摂津守が上屋敷だ。供頭はおぬしに申しつくる」

「ははっ」

為長は一礼し、速やかに退出した。

一人になった定信は、速やかに身支度をする。

常着の小袖と袖なし羽織を脱ぎ、同じく木綿の羽織袴を着ける。

いずれも質素だが折り目正しく、帯前にした脇差の菱巻の間から覗く鮫皮は黒ずんではいない。手垢や埃で汚れがちなのを定信はそのままにしておかず、自ら手入れをするのが常だった。


「流石に年季が入っておるの」

玄関に立った定信は、式台に横づけされた駕籠を前にして呟いた。

漆塗りで引き戸付き。武家でも格の高い者だけが所有することを許される、家紋の入った乗物駕籠だ。

定信が義父の定邦から受け継いだ古駕籠は、為長が言ったとおり修繕されてはいるものの、漆が剝がれた部分の上塗りや古い疵を補修した痕が目立つ。老中首座に抜擢された一昨年に新調したものとは、比べるべくもない。

久松松平家の紋所である梅鉢紋の塗りもかすれていたが、定信は気にすることなく乗り込んだ。

「いってらっしゃいませ、殿」

為長配下の近習が定信に刀を渡し、引き戸を閉じる。

「出立！」

供頭を命じられた為長の号令一下、駕籠が担ぎ上げられた。

きっちりと肩を入れ、石畳を踏んで進みゆく先にそびえ立つのは表門。

滑りやすい石畳の上でも駕籠を揺らさぬ、陸尺（ろくしゃく）たちの足の運びは力強い。空駕籠を担いだ面々も足並みを揃え、先を行く一挺の後に続いて歩き出す。

非番の正敦は、朝から屋敷の私室に籠っていた。

雨に降られた休日は外出を控え、書に親しむのは少年の頃からの習慣であった。

ただし、袖ヶ崎通いだけは別である。

むしろ人目が少ないことを幸いとし、梅雨入り早々から日参していた正敦だったが嘉祥から豪雨が続いた三日の間は、自重せざるを得なかった。

強い雨風は屋敷を破損する恐れがある上、江戸市中を跳梁（ちょうりょう）する盗賊にとっては絶好の折である。大名屋敷も例外ではなく、もしも盗みに入られれば責を問われ、大番頭を御役御免にされかねない。推挙してくれた定信の顔に泥を塗ることとなるのだ。

いつもは屋敷を抜け出すためにわざと警戒を緩くさせている正敦も、この三日間は家臣たちに厳戒態勢を取らせ、お忍びの外出も控えるより他になかった。

しかし今日は雨が弱まり、昨日までと比べれば小雨に等しい。この空模様であれば警戒を緩めたところで誰にも疑われず、久方ぶりに屋敷を抜け出せる。

（待っておれよ、常之丞……）

弾む気持ちを抑えつつ、正敦は書見台にかじりつく。

正敦は子煩悩である一方、向学心も強かった。

今日は朝餉のみで中食も摂らず、厠に立つ時以外は部屋から一歩も出ていない。

そんな正敦も好天の下では、思い切り体を動かす。屋敷の庭で刀槍の技を磨くだけにとどまらず馬場に出かけて愛馬を走らせ、時間に余裕がある日は遠乗りをする。

遠乗りに出た先で初めて目にした鳥や獣、魚や虫を見つけると馬から降り、逃げてしまうまで飽かず眺める。

生き物に限らず草に花、足元の土くれや石ころ、切り通しの地層にも興味を抱いて眺め入り、いつも懐に忍ばせている画帳に写生し、屋敷に戻ると絵の具で彩色する。

完成させた絵には観察の記録を添え、和名に加えて異国における名称まで、調べて書き足すことを忘れない。

八代将軍の吉宗が規制を緩和して出回るようになった西洋の学術書、特に生物学や医学の本には図版入りのものが多い。異国の文字を知らずとも楽しむことができたが正敦は仙台で暮らしていた頃から蘭学者に教えを乞い、単語の一つ一つを読み解く労を厭わなかった。

異母弟の向学心に理解のある兄の伊達重村から袖ヶ崎の下屋敷を与えられ、江戸に住むことを許された正敦は、知識を得る機会が一気に増えた。

カピタンの一行が江戸参府の際に宿泊する長崎屋にお忍びで足を運んだり、高名な本草学者の田村藍水や弟子の平賀源内が催す物産展を見学し、博識な田村一門の面々と接することで知識欲を大いに満たした。

一方、正敦は日の本の文学にも造詣が深い。

特に好んだのは、今日も朝から読み耽っていた源氏物語だ。

将軍家の先祖となった源氏一門の物語という理解の下に神君家康公が愛読し、諸国の大名にも推奨した源氏物語は、藤原氏による摂関政治が全盛を極め、定子に彰子と二人の中宮が帝の寵愛を巡って火花を散らせた、平安の宮廷文学である。

才女の誉れ高い清少納言を擁した彰子に対抗すべく定子が召し出し、側近くに仕えさせた紫式部の筆になる物語は五十四帖。

かな文字で綴られた文章は読みやすく、それでいて内容は深い。

読み手が齢を重ねるほどに理解は深まり、物語に登場する人物を己に重ねることで人生を振り返る機を与えてくれる。正敦が暗殺の危険を恐れることなく袖ヶ崎に日参するのも、光源氏を巡る登場人物たちの苦悩が絵空事（えそらごと）ではなく、自分も息子を蔑（ないがし）ろにしてはならないと実感させられたがゆえだった。

正敦と側室の間に生まれた常之丞は実の息子でありながら、幕府に届けを出せない隠し子だ。お忍びで会うことさえ、堀田家に婿入りし堅田一万石を継いだ身にとって許されぬことである。

それでも会わずにはいられない。

ひとかどの武士に育て上げ、日の当たる場所に出してやりたい。

我が子でありながら皇位を継げぬ光源氏を哀れみ、秘かに手を差し伸べることしかできなかった桐壺（きりつぼ）の帝（みかど）に我が身を重ねるのは物語とはいえ不敬なことだが、常之丞と正敦の関係はそれに近い。

「無沙汰をしてしもうた埋め合わせに、思い切り甘えさせてやらねばな……」

書見台と向き合ったまま、切なげに正敦は呟く。

そこに廊下を渡る足音が聞こえてきた。

「殿、ご無礼をつかまつりまする」

障子越しの声の主は近習だった。

「何用か」

憮然と応じた正敦に、思わぬ答えが返された。

「松平越中守様がお越しにございまする」

「越中守様だと？」

「お乗物を仕立てられてのことなれば、ご丁重にお迎えくだされ」

「相分かった。急ぎ着替えるゆえ、支度を致せ」

正敦はすぐさま腰を上げ、書見台を片づける。

松平越中守定信は幕府の大立者にして、正敦を抜擢してくれた大恩人。

文字どおり下にも置けぬ人物の来訪に、動揺せずにはいられなかった。

装いを裃に改めた正敦は、定信を通させた広間に駆けつけた。

「越中守様、お足元の悪き中のお越し、恐悦に存じ上げまする」

「痛み入る……摂津守、面を上げよ」

平伏した正敦に、上座から告げる声は穏やか。

厳めしい面構えこそ相変わらずだが中奥での執務中と違って顔を顰めず、対面した正敦に向ける視線にも険しさはない。

「おぬしと顔を合わせるのは上様に御目見の折以来か。息災で何よりじゃ」

「恐れ入りまする。越中守様におかれましてもご壮健で……」

「左様にかしこまらずともよい」

型通りの口上を遮るや、定信は予期せぬことを言い出した。

「本日はおぬしが身内について急を要する用があっての」

「拙者の身内、にございまするか？」

「元より承知しておろう。それとも、この場で有り体に言うても構わぬか」

たちまち正敦の顔が強張る一方、下座に控える家中の面々——江戸詰めの堅田藩士たちにも動揺が走った。

「何としたことだ、早う殿をお諫めしておれば……」

「今となっては手遅れぞ。かくなる上は、お慈悲にすがるより他にあるまい……」

絶望した面持ちでささやき合う藩士たちは正敦が人目を忍び、袖ヶ崎に通っていることを、既に承知していたのである。

梅雨入りと共に警戒を不自然に緩くされたことを怪しんだ藩士たちは無礼と承知で

正敦の私室を覗き、もぬけの殻と知るに及んで事態を察知。屋敷を抜け出す主君の後をつけ、行き先ばかりか目的まで把握していた。

何も気づいていないのは一昨年に隠居した先代当主の正富と、その一人娘で正敦を婿に迎えた正室。そして二人に仕える藩士と奥向きの女中たちのみだが、下手に報告すれば一大事だ。正敦が己の軽挙を省み、自ら慎んでくれるまで待つしかないと藩士たちは判じ、見て見ぬ振りをしていたのである。

名門の伊達家の生まれにして実力も伴い、大番頭に抜擢されてからの評判も上々な主君に敬意を抱くがゆえのことだったが、彼らの判断は凶と出た。

定信は幕政改革を断行する上で多くの間者を江戸市中に放ち、改革に対する庶民の反応のみならず、大名と旗本の素行にも目を光らせているという。

素行不良を暴かれ、処罰されたのは殆どが旗本だが、大名であれば見逃されるとは限らない。定信は老中首座となる前に溜間詰めだった頃、伏見奉行を務めていた小堀和泉守政方の悪行を罪に問い、無役ながら御政道に意見することを許された溜間詰めの立場を活かし、改易に処されるように事を運んだのだ。

政方が大名として治めていた近江小室の石高は一万六百三十石。堅田藩とそれほど変わらぬ小藩だ。今や老中首座となった定信がその気になれば、改易するのは赤子の手をひねるようなものだろう——。

「摂津守、人払いを」

「……仰せのままに」

正敦は顔面蒼白になって答える。

我が命も今日限り。そう思い込んでいた。

人払いを命じられた藩士たちは、広間から出て行った。

為長を供頭とする、久松松平家の一行も退出していく。

二人きりとなった広間に、張りのある声が響く。

「摂津守、近う」

正敦は無言で躙り寄り、定信と膝を交えて座る。

無言で見返す定信の、三歳下とは思えぬ貫禄には圧倒されずにいられない。

定信は田安徳川家の若君だった頃から文武両道に研鑽し、老中首座と将軍補佐に奥勤めまで兼ねながら書を読み、技を鍛えることを日々欠かさずにいるという。

「え、越中守様」

沈黙に耐えかねて、正敦は呼びかけた。

不覚にも声が震えている。

切腹による自裁（じさい）も許されず、この場で成敗されるのか。

成敗が御上意なくしてあり得ぬことと知りながら、正敦は恐怖する。

定信が無言のまま、懐に右手を入れた。

取り出したのは短刀ではなく、手製の書物。

「身共がまとめた、手習いの見本だ。おぬしの子に渡してやるがいい」

「越中守様？」

「いま一つ、進ぜるものがあるぞ」

告げるなり、定信は腰を上げた。

訳が分からぬまま、正敦は後に続く。

初めて訪れた筈の屋敷で定信は迷いもせず、ずんずん先を進みゆく。

着いた先は玄関だった。

式台に乗物駕籠が横づけされている。

家紋は梅鉢。白河十一万石、久松松平家の紋所ではないか。

「この駕籠をおぬしに下げ渡す。夜道を通うのに使うがいい」

「ち、頂戴する理由がございませぬ」

「そちらになくとも身共にはある。おぬし、いま少し命を大事に致せ」

「命、にございまするか？」

驚きながらも問う正敦に、定信は真摯に告げた。

「本草学に血道をあげるも良し、血を分けた子を慈しむも良し。されどおぬしは一国の大名にして、大番頭の御役を務むる身。曲者の手にかかりて果てるは許さぬぞ」

「まさかそのために、お乗物を……？」

「夜道と申せど大名駕籠を襲う馬鹿はおらぬ。見ればおぬしの家中の殆どが夜歩きを承知の由だが、自前の駕籠では先代と奥方の目を盗めまい。向後は老中首座のお忍びと装うがよい。身共の屋敷は御城とは目と鼻の先なれば、登城は古駕籠で十分だ」

「そのもったいなきお言葉だけで十分にございまする」

正敦はその場で膝をつき、定信に深々と頭を下げた。

居合わせた藩士たちも一斉に平伏する。

「せっかく用意致したのだ。今宵は小降りなれば、出かけるには良き折であろう」

定信は厳めしい面持ちを崩すことなく、頭を垂れて涙ぐむ正敦に向かって告げる。

この夜を境にして正敦は夜毎のお忍びを止め、藩政と大番頭の職務に専心することとなったのである。

第四章　仕組まれた道行き

一

「流石は摂津守、見上げたものよ」

西の丸下の屋敷に戻った定信は、筆を走らせながら呟いた。

正敦を乗せた駕籠を送り出し、もう一挺の駕籠で帰宅したのは小半刻前。定信は常より遅い湯浴みと夕餉を済ませ、床に就く前に書き物をしている最中である。

定信が取った行動は全て、正敦の性根を見極めるための芝居であった。

隠し子の常之丞にお忍びの外出を重ね、命を狙われる危険をも省みなかった事実を指摘はすれども敢えて咎めず、曲者を寄せつけぬために老中首座である自分の駕籠を貸し与えると持ちかけて、正敦がどう出るのかを試したのだ。

わざわざ二挺の駕籠を用意させたのは、選択の間違いを誘う仕掛けの一つ。

定信の甘い言葉を鵜呑みにして新しい駕籠を選び、これで安心して我が子に会いに行けると喜んだ時は容赦なく罷免するのみならず、大番頭に抜擢したのは見込み違いだったと公言し、二度と公儀の役職に就かせぬつもりだった。

しかし、予想は良い形で裏切られた。

お忍びの外出は今宵限り、我が子の成長は陰で見守り、一人前になるまで会わないと金打をして誓った上で、正敦が選んだのは古い駕籠。元は定信の義父の定邦が乗っていたお下がりで、質素倹約を実践する身といえども登城に用いるのを躊躇するほど、みすぼらしい代物だ。

その古駕籠を敢えて借り受けることにより、正敦は定信を納得させたのだ。

我が子を慈しみたいのは、親として当然の情。

まして正敦は、曲者の襲撃を恐れぬほどに情が深い。

それほどの想いをどうやって鎮めるのか？

正敦を試すに際して、そこまで見極めたいと定信は考えていた。

厚顔無恥は論外だが、二挺の駕籠をどちらも選ばずに平謝りされ、常之丞とは縁を切ると宣言されても信用できるものではない。

その場を取り繕うだけの口先三寸は卑怯千万。

さりとて本気で子供を見捨てるとあれば、非情に過ぎる。

いずれにせよ定信は正敦を罷免し、今後の出世の道も断っていただろう。

日の本の現状を打破する定信の幕政改革に、正敦は必要不可欠な逸材だ。我が子を愛する余りとはいえ、命を粗末にされては困るのだ。

定信はそこまで考えて二挺の駕籠を大道具、自ら筆を執った手習いの教本を小道具とする芝居を打ったのである。事前の調べを踏まえ、正敦に自省を促すと共に全てを丸く収めるのに最良と判じた策であった。

もしも袖ヶ崎通いの目的が常之丞の生みの母で側室だった女人――いととの逢瀬(おうせ)であれば是非もなく罪に問い、罷免どころか腹まで切らせなくてはならなかったが正敦は不憫(ふびん)な息子に自ら文武の手ほどきをしていただけで、いとも復縁を迫ることをせず父と子の交流を暖かく見守るのみだったという。

その様子を見届けた多門から報告を聞き、為長に裏を取らせた上で、定信は今宵の計画を実行に移した。

常之丞といとに罪はないと分かった以上、後は正敦次第である。

健気(けなげ)で無欲な二人のためにも、賢明な答えを出してほしい――。

定信の切なる願いを込めた、学問吟味ならぬ人物吟味の結果は見事合格。

至難の試験に及第した正敦には、更なる出世をさせてやらねばなるまい。

「老中は流石に早すぎるが、御側御用取次では上様の御勘気に触れるのが目に見えておる。やはり若年寄が適任ぞ」

筆を走らせながら思惑を巡らせる定信は、どこか楽しげ。

声を弾ませるばかりか微笑みまで浮かべており、いつもの平家蟹を思わせる渋面にしている時は険しい、間の離れた目にも今は愛嬌がある。老中首座となった二年前に描かせた肖像画のとおり、本来の定信は人懐っこく柔和な顔立ちなのだ。

定信が御城中で常に厳めしい表情なのは、我がまま勝手な家斉の相手をしていて気苦労が絶えないことだけが理由ではなかった。

人は大きな権力を握るほど、課される責任も重くなる。

まして定信は老中首座にして将軍補佐。大老が空席である幕閣の頂点に立ち、若い将軍を支えて御政道を牽引する身にのしかかる重責は、実に耐えがたいものだった。

元より定信は神仏には非ざる身。煩悩が尽きぬ衆生の一人でしかない。憂さ晴らしをしたいと思うことも多々あるが、ひとたび羽目を外せば歯止めが効かなくなるのが目に見えている。

過剰なほどに己を律するぐらいで、ちょうどいいのだ。

早寝早起きも、定信が自身に課した戒めの一つである。

「摂津守はまだ袖ヶ崎かのう……」

定信は欠伸を嚙み殺し、筆硯を片づける。

常ならぬ夜更かしをしたせいか、睡魔が襲い来るのも早かった。


袖ヶ崎の仙台藩下屋敷では、正敦が常乃丞に添い寝をしていた。

しばしの別れを惜しみながらも、特別なことはしていない。いつものように手習いをさせた後、板敷きの部屋で剣術の稽古をつけただけである。今日の手本は偉いお方が書いてくださったのだから大事にせよとは言ったものの、定信の名前は常乃丞には元より、いとにも明かしはしなかった。

「父上ぇ」

あどけない寝言に微笑みながら、正敦は幼子の頭を撫でてやる。

「殿、そろそろ……」

傍らに控えるいとが座ったまま、言葉少なに促した。

「うむ」

正敦は静かに身を起こした。

「常乃丞のこと、よしなに頼む」

「はい」

「そなたも息災でな」

「はい……」

いとが見送ったのは常のごとく、正敦が部屋を出るまでのこと。

常乃丞の傍らに膝をつき、面を伏せながらも声は上げない。

古びた駕籠を護って出立した一行に追いすがりたい気持ちを抑え、愛しい我が子の側から離れようとはせずにいた。

二

静まり返った部屋の襖が、音もなく開かれた。

定信は床の中で熟睡している。

夜中を過ぎても雨は小降り。閉じた障子窓越しに聞こえる雨音は深い眠りを妨げるほどではない。

規則正しい寝息のみが聞こえる中、何者かが室内に入り込んだ。

衣擦れを防ぐためなのか、白衣の裾をからげながらも襦袢はそのまま。

白衣も襦袢も男物だが、薄い生地越しに見て取れる豊かな肉置きは、女盛りの身であることを示している。

それでいて頭は一本の毛も残すことなく、きれいに剃り上げられていた。

持参した手燭の光に浮かんだ顔は造りが大きく、鼻が高い。今は亡き平賀源内が遺した西洋婦人の絵にどことなく似ている。

御城中で働く茶坊主と似た装いに限らず、男装をするのに向いた顔立ちだが表情は皆無であり、何の感情も読み取れない。

この女人の名は咲夜。

昨年の大火で被災した御所の再建のため京へ上った定信に見出され、大奥で教育の一環として講義を受け持つ源氏読みだ。

定信の招聘を快諾し、江戸に下った咲夜は大奥に出入りをする上で御伽坊主と同じ僧形となるのも厭わず、八丁堀にある白河十一万石の上屋敷、更には西の丸下の屋敷でも源氏物語の講義を受け持っていた。

諸大名は将軍家に謀反を起こさぬ証しの人質として、正室を江戸に置く。

老中首座の定信も例外ではなく、正室の峰姫が若くして亡くなった後に娶った継室の隼姫を当初は八丁堀の上屋敷、今は西の丸下の屋敷の奥に住まわせ、身の回りの世話をする女中たちに加えて側室まで共に暮らしていた。

他の大名家は国許に置き、俗にお国御前と呼ばれる側室を定信が江戸で抱えているのは、いまだ授かれぬ跡継ぎを得るためだ。

病弱な峰姫とは夫婦の営みもままならず、後添いの隼姫にも懐妊の兆しが見えぬがゆえの措置だったが、定信が奥に泊まるのは稀なこと。同衾するのは子を作るためとしか考えず、日々の激務に耐えるために就寝時間を長く取るのを重んじていた。

咲夜は無表情のまま枕元を通り過ぎた。

例によって独り寝の定信は、御城下から離れた下麻布と行き来をした疲労もあってか眠りが深い。慣れた陸尺に担がせても微かな揺れを伴う駕籠での移動は、楽なことではないのである。咲夜にとっては好都合だ。

音を立てずに歩みを進め、床の間の違い棚に忍び寄る。

今宵も泊まっていくように隼姫に勧められ、奥に用意して貰った部屋から抜け出してのことである。

咲夜は西の丸下の屋敷で講義を行う際、わざと時間を遅く設定する。

寄宿している八丁堀の上屋敷まで近いとはいえ、夜道は危ない。

そう隼姫の口から言わせ、厚意に甘えると装って毎度泊めて貰うのは探りを入れる隙を窺うためであった。

常にも増して眠りが深い今夜こそ、千載一遇（せんざいいちぐう）の好機と言えよう。

違い棚には上から下まで整然と、紐で綴じられた書類が重ねて置かれている。家中の右筆（ゆうひつ）に任せることなく、全て定信が自ら書き上げたものだ。

定信は幼少の頃から筆まめで、頭に浮かんだことは語る前に筆を執り、文章にして意見を求める。一冊の本にまとまる量を書くのも苦にせず、今宵のごとく子供向けに習字の手本を用意するぐらいは朝飯前だった。

頭の中に留められていれば会話を通じて訊き出さざるを得まいが、全て書き記してくれるとは好都合。

定信が探索に秀でた者たちを抱えていることも、咲夜にとっては都合がいい。

近習番の為長を初めとする家中の面々のみならず、本家筋の桑名藩に仕える服部家がもたらす情報も、全てが集まる定信の私室にさえ忍び込めば一目瞭然なのだ。

咲夜は源氏物語の五十四帖を諳（そら）んじている。

その記憶力を以てすれば、山ほど積まれた書類の内容を暗記するのは容易い。正敦の人事を考えながら筆を走らせた書き付けにも、咲夜は目を通した。

手許を照らす手燭の光は、定信には届いていない。全てを読まれてしまった後も目を覚ます様子はなかった。

書類を元に戻した咲夜は立ち去る間際、眠る定信に視線を向けた。

淡い灯火に浮かぶのは両の目と口角（こうかく）を吊り上げた、羅刹さながらの形相。

射殺さんばかりの鋭い眼差しを向けられながらも、定信は寝息を立てている。

類い稀な才を認め、同好の士と見込んで江戸に招いた源氏読みが自分を狙う、獅子身中の虫であるとは夢にも疑っていないのだろう。

なればこそ、全てが咲夜に好都合。

じっくりと時を費やし、思い知らせてやる——。

悪鬼の形相を収めた咲夜は、楚々（そそ）とした足の運びで定信の私室を後にした。

三

いつも咲夜が寝泊まりをする一室には床の他に、寝酒の支度も調っていた。何かと世話を焼きたがる隼姫が、女中に命じて用意させたのだろう。

日頃は鬱陶しいとしか思わぬことだが、目的を首尾よく果たした咲夜は珍しく一献傾けたい気分であった。

膳の前に座って酒器を取り、満たした杯を一息で乾してはまた満たす。朱塗りの箸が添えられた佃煮の小鉢には、手も付けようとしなかった。

定信が住む西の丸下の屋敷は元より八丁堀の上屋敷でも、酒は地回りと呼ばれる関八州の蔵元のものしか買わない。上方からの下り酒の需要ばかりが増大し、地回り酒が危機に瀕する江戸の現状を定信が憂慮しているがゆえだが、京の都で生まれ育った咲夜にしてみれば、お笑い種でしかない。

江戸に下る以前の咲夜は、高名な源氏読みであることを隠れ蓑にして大店の隠居や若旦那を次々に誑かし、大枚の金を騙り取った常習犯。

大坂でも悪事を重ね、騙されていると知らずに男たちが用意する宴席で灘と伊丹に代表される数多の名酒を振る舞われたが男好みの辛口は旨いと思えず、さりとて定信が推奨する地回り酒も性に合わなかった。

「他所酒はあかんなぁ。津国屋はんのこの花が恋しいわ」

京言葉で愚痴りながらも、杯を満たす動きは止まらない。

咲夜が盗み見た書き付けによると、定信は昨年から着手している諸国の蔵元の酒造量の調査を踏まえ、株で許可された量を越えることを禁じる一方、関八州の蔵元には増産を奨励するつもりらしい。その書き付けには江戸に運ばせた酒は問屋を通さずに安く小売させることによって、需要を増やす思惑まで書き添えられていた。

景気が悪くても酒を求める者は絶えず、安いほどよく売れる。ならば生産も消費も江戸を中心とした関八州の中で完結させて下り酒の需要を減らし、上方に金が流れるのを防ぐつもりなのだろう。

自分は黒豆の汁で割った酒しか呑まぬくせに、ご苦労なことである。

「今のうちにせいぜい気張っとき、越中守。主殿頭様と山城守様のご無念を晴らして差し上げる日が来んのも、もうじきやからな」

酒器を空にした咲夜は、おつもりの一杯を口にしながら不敵に呟く。

この毒婦の目的は、亡き主殿頭と山城守——田沼意次と意知の仇討ちとして定信に引導を渡すこと。

単に命を奪うだけならば容易いが、それでは甘い。

なぜ殺されるのか分からぬまま、楽に逝かせてなるものか。

死に至らしめるのは全てを奪い、辱め、絶望させた後でなくてはならない。

定信のしたことが咲夜は許せない。

意次が跡継ぎの意知を喪いながらも老骨に鞭打ち、何とか天下の御政道を支えんとしていたのを定信は非情に追い落とし、まだ築かれて十年の沼津城を跡形もなく破壊させた上に殆どの石高を召し上げ、田沼家を一万石の小大名にしてしまった。

それ以上の目に遭わせてやらなくては気が済まぬが、焦りは禁物。

大願を確実に成就するには全てを慎重に進める必要があるが、定信に対する怒りの炎は一日とて絶やしてはならない。絶望の果てに骨まで残さず焼き尽くす、その日が来るまでは——。

「邪魔させへんよ、風見竜之介」

咲夜の尽きぬ怒りは、竜之介にも向けられていた。

あの男は意次の甥にして、意知とは従兄弟の間柄。

にもかかわらず仇の定信に従うことを恥じぬばかりか、影の御用まで担っている。

咲夜は竜之介が葵の御紋を額に戴く覆面を着けて悪党の根城に乗り込み、殲滅する現場を目撃している。仲間の二人が竜之介を婿に迎えた風見家の娘と、先代の当主であることも、既に察しがついていた。

風見一家の覆面に刺繡された、三つ葉葵の蕊は十三。

家重から三代に亘って続いた意匠だが、将軍の御側近くに仕えて間もない竜之介に授けたのは家斉の他にあるまい。

意次の末の弟だった、竜之介の亡き父親は直参旗本。

小納戸を代々務める風見家も、当然ながら御直参だ。

将軍の直臣である限り、家斉に命じられて行動するのは当然だろう。

とはいえ、定信のために動くのは見逃せない。

竜之介は去る五月、命の危機に瀕した定信を助けた。咲夜が仕掛けたと知らぬまま罠に嵌められて無残な最期を遂げる寸前、手練の技を振るって救出したのだ。

家斉から命じられてのことだったとしても、度し難い裏切りだ。

咲夜が竜之介を許せぬ理由は、もう一つある。

竜之介は意次から大きな恩を受けている。

兄の清志郎が学問、弟の竜之介が武術とそれぞれ恵まれた才を伸ばすため、意次は格別の計らいをしたという。

権威はあれど役高の低い奥右筆の子である兄弟が一流の師の下で学ぶことができたのは伯父の意次が金銭を援助するだけではなく口を利き、本来ならば旗本でも御大身しか相手にしない学者を清志郎に、武術家を竜之介に惜しみなく引き合わせてやったおかげなのだ。

しかし竜之介は会得した武技を、亡き意次のために用いずにいる。

どうして定信の立場を悪くするのに役立てないのか。

意次の政策と比べてお綺麗に過ぎる幕政改革を妨害し、頓挫（とんざ）させ、失脚させることを望まぬのか？

風見家の婿となった幸せに浸り、伯父の無念を晴らすことなど考えもせずにいるのであれば尚のこと生かしておけぬが、咲夜の武芸の腕では竜之介に敵（かな）わない。

江戸を離れて久しい年子の兄の木葉刀庵（きばとうあん）ならば渡り合えるだろうが、咲夜より一歳上の刀庵は今年で四十。

かつて京の都で太刀術の手練として名を馳（は）せた兄も、若い竜之介と勝負に及べば分（ぶ）が悪い。当人は余裕綽々だが、五分五分の勝負では確実に倒せるとは限るまい。

竜之介は確実に葬り去らねばならない相手。裏切り者であると同時に、この上なく邪魔な存在だ。

やはり技量は元より若さも勝る、切り札を恃（たの）みとしよう——。

「覚悟しとき、竜之介」

乾した杯を膳に放ると、咲夜は布団に横たわった。

火照りを帯びた坊主頭に、箱枕の感触が心地よい。

定信が私室に蓄えた書類を検める、今夜の目的は首尾よく達成された。疲労と酔いに任せて熟睡しても、意次と意知は大目に見てくれるだろう。後のことは一つずつ、順を追って片づけていけばいいのだ。

「綾麻呂……お母はん、早よ会いたいわ」

ほろ酔い加減で呟く咲夜の声は甘く、優しい笑みは慈母そのもの。

定信を前にして浮かべた悪鬼羅刹の形相とは、まるで別人だった。

四

抜かりのない咲夜にも一つだけ、知り得ずにいた情報が存在した。

予期せぬ事態に度肝を抜かれたのは久方ぶりにぐっすり眠り、何食わぬ顔で朝餉を馳走に与って、意気揚々と登城した後のことだった。

大奥の雰囲気は目に見えて明るくなっていた。

病の癒えた家斉が床上げし、茂姫も以前の快活さを取り戻したため、久しく絶えていた朝の総触が再開されたからだ。

咲夜にしてみれば、どうでもいいことである。

将軍とは名ばかりの、脆弱(ぜいじゃく)な若造のどこがいいのか？

実の父親である治済の思惑に乗せられた操り人形としか思えぬし、熱心に取り組む剣術と打毬も殿様芸の粋を出ていない。

御台所の茂姫も、心から敬意を払うには値しなかった。

戦国乱世の遺風を受け継ぐ島津家の姫君と言えば聞こえはよかろうが、所詮(しょせん)は泰平の世に生まれ育った乳母日傘の小娘だ。

そんな家斉と茂姫の機嫌を取るのに、誰もが懸命なのが愚かしい。

将軍家に忠義を尽くす身であれば、蓮光院の一件を解決するのが先の筈。

嘉祥の御菓子に毒を仕込んだ張本人は今朝も何食わぬ顔で登城し、次に仕掛ける折を狙っているというのに――。

余りの滑稽さに笑い出すのを堪え、咲夜は専用の控えの間に入る。

予期せぬ相手が訪ねてきたのは、御中臈向けの講義に出向く間際だった。

「咲夜先生、宜しゅうござるか」

襖越しに訪いを入れる声には殊更(ことさら)に張り上げずとも、武術を学び修めた身ならではの迫力があった。

　張りのある声もさることながら、言葉遣いも武士らしいものである。当節の軟弱な手合いとは別物の、古武士めいた口調であった。

「はい、おりますよ」

　応じる咲夜の声は品のいい、邪悪な本性を微塵も気取（けど）らせぬ響き。

「ご免」

　告げると同時に襖が開いた。

　敷居際に座った相手を目にした途端、咲夜の顔が強張った。

「風見多門が一子、弓香にござる」

　きびきびと一礼する弓香は男物の小袖に羽織を重ね、袴の帯前には黒鞘の脇差。同じ拵（こしらえ）の刀は武家の作法に則し、右利きでは手に取ってもすぐに抜けない、揃えた膝の右脇に置かれていた。

　表や中奥と同じ御城中でありながら、脇差ばかりか刀を所持することまで許されるのは奥女中たちと同じ女人として大奥の警備に当たる、別式女ならではの特権だ。

「……咲夜と申しまする」

　平静を装って答えながらも、咲夜の胸の内は混乱していた。

竜之介を婿に迎えた風見の家付き娘が、どうして大奥にいるのか？

既婚の女人が大奥に奉公するのは、将軍の子を生んだ御手付き中臈に代わって乳を与える、乳母の御役目ぐらいのものだ。

かつて鬼姫の異名を取った弓香ならば別式女に適任とはいえ、夫に先立たれた寡婦でもないのに、大奥勤めをする理由が分からなかった。

「松平越中守様のご推挙により大奥にお出入りを許された、ご高名な源氏読みの先生と伺うており申す。女だてらの武骨者なれど、よしなにお頼み申し上ぐる」

重ねて一礼した弓香に応じ、咲夜も坊主頭を下げた。

礼を交わす際は挨拶を受けた側から先に面を上げ、挨拶をした側は下を向いたまま目の隅で確かめて、後に続くのが作法である。

気づかぬうちに血の気が引いていたらしい。

「先生、お加減が悪いのではござらぬか」

咲夜の顔を見た途端、弓香が心配そうに告げてきた。

案じながらも敷居を越えて近寄らぬのは咲夜が訪いには応じたものの、部屋に入るように勧めていないからである。

「ご懸念には及びませぬ。昨晩は少々眠りが浅(あさ)うございましたので……」

入室を許さずにいて幸いだったと思いつつ、咲夜は答える。弓香が不作法者ならば既に部屋の中まで入り込み、間近で顔を見られていたことだろう。

「左様にござるか。ご無理なきよう」

それ以上は問うことなく、弓香は三たび座礼をした。

「ご免」

咲夜が面を上げるのを待って上体を起こし、襖を閉める。

ありふれた日常の立ち居振る舞いも、手練は隙がないものだ。

澱みのない動きで閉められた襖を、咲夜は凶悪な目つきで睨んだ。

咲夜は幼い頃から、虚を突かれるのを何より嫌う。

自分がすることは全て正しい。

間違いなど、あるはずがない。

大人から見れば根拠のない自信を持っていたため、後れを取った時の反動は大きく激しいものであった。

長じた後は自信に裏づけをする労を厭わず、源氏読みとして世間に知られる存在となったものの、それは慢心を加速化させた。

今や稀代（きたい）の毒婦となった咲夜は憤怒の形相のまま、震える膝を摑み締める。意外と骨太の体格に見合って太い両手の指から、血の気が失せるほど強い力だった。

襖一枚を隔てた廊下を奥女中たちが行き交っていなければ、怒りに任せて叫び声を上げていただろう。

しかし咲夜は源氏物語の巧みな語りで聴く者を魅了する、御中臈たちの賞賛の的。築いた評判を自ら崩すわけにもいかず、黙して屈辱に耐え抜くより他になかった。

五

弓香の大奥奉公に関する記録が、定信の許に存在しなかったのも無理はない。

大奥の人事を握るのは、大崎を初めとする御年寄衆だ。

表と中奥に勤める者については大名に旗本、御家人に至るまで詳細に把握し、独りとして漏らさずに書き留める定信も、弓香の大奥入りは推挙したのみ。かねてより対立している大崎に反対されるのが目に見えていたこともあり、無益な押し問答を繰り返すよりは幾らか話が早いだろうと、推挙後の説得役は信明と忠籌に任せていた。

若い信明が一人では説き伏せるのは無理な相談だが、忠籌は重ねた齢に見合って人生経験も豊富であり、杓子定規な信明と違って柔軟な対応も慣れている。

されど大奥の古狸は予想した以上の難物で、老若の二人がかりで挑んでも手に余ったが、忠篤と同じ御側御用取次の古株で歴代将軍の信頼も篤い小笠原信喜が説得の場に来合わせ、見かねたのか口添えをしてくれたため、流石の大崎も折れざるを得なくなった。

事前に噂が流れなかったのは三人に押し切られたのを大崎が恥じ、お付きの女中は元より取り巻きの御中臈にも、厳しく口止めをしたがゆえのこと。

あらかじめ分かっていれば咲夜も策を弄し、大奥入りを阻むことができたかもしれないが、当の弓香から挨拶をされるまで何も知らずにいたとあっては手遅れだった。

挨拶回りを終えた弓香は、大崎の許に向かった。

御年寄は大奥でも別格の立場として、長局向に独立した住まいを与えられている。他の奥女中たちの部屋が連なる一画とは別棟で間取りも広く、専用の炊事場と湯殿に厠まで付いており、お付きの女中の部屋もある。十代の少女である部屋子に加えて部屋方と呼ばれる年嵩の者まで召し抱え、一橋徳川家の奥向きを牛耳っていた頃にも増して、豪奢な暮らしぶりだった。

（道理で幾ら煙たがられても、図太く居座り続ける筈だ……）

取り次ぎの部屋方に奥へ案内されながら、弓香は胸の内で呟いた。

「御年寄様、ただいま戻りました」

「おお、ご苦労であったな」

次の間の敷居際から告げる弓香に、大崎は機嫌よく応じた。奥の座敷で悠然とくつろぎながら愛犬の狆を抱いている。

「皆様へのご挨拶が滞りのう済みましたのも御年寄様のご威光あってのこと。重ねてお礼を申し上げまする」

「うむ、うむ、向後もよしなに頼みまするぞ」

淑やかに頭を下げるのに満面の笑みを浮かべ、幾度も頷いている。

越中守の存じ寄りなど一歩たりとも大奥に足を踏み入れさせぬ、と息巻いたという大崎の態度が一変したのは弓香と直に顔を合わせ、一目で気に入ったがゆえのこと。定信をはじめとする男たちを罵倒する時とは別物の、甘ったるい猫撫で声だった。

「そちは男勝りの強さと凜々しさが身上であろうが、左様な女らしい素振りも似合うのう……見ると聞くとは大違いじゃ」

「恐れ入りまする」

「したが、やはり日頃の物言いは男めいたものがよかろう。何しろ大奥は見ての通りの女護（にょご）が島（しま）。上様も常に御成りあそばすわけではないゆえ、皆に耳目の保養をさせるは蓮光院様のご警固に劣らず、大事なことであるからのう」

「せいぜい心がけまする、御年寄様」

臆面もなく所望してくる大崎に微笑み返し、弓香は淑やかに頭を下げる。

竜之介も職場の中奥で、お歴々を相手にこうした気苦労をしているのだろう。

そう思えば、この程度の不快さを堪えるぐらいは何でもなかった。

「されば失礼を致しまする」

弓香が膝立ちとなったところに、狆がまとわりついてきた。

「きゃん、きゃん」

「これ、おいたをしてはならぬぞ」

腕から抜け出したのを大崎はやんわり叱り、敷居際まで膝を進めてきた。

「ふふ、小さい形でも牡は牡だのう」

「成る程……男の仔でございますね」

抱き上げたのを大崎に手渡しながら、弓香は微笑む。

「この仔は面食いでの、見目良きおなごと見れば放っておかぬのだ」

「重ね重ね、恐れ入りまする」

弓香はいま一度微笑み返し、淑やかに頭を下げた。

辞去する足の運びが弾んでいたのは、一つの疑念が解けたがゆえだった。

十兵衛が奥女中たちが飼っている犬を集めた際、大崎だけが応じなかったのは蓮光院の愛犬を死なせてしまった後ろめたさがあってのことだと竜之介は判じたが、あの女帝気取りの御年寄はそのような繊細さなど持ち合わせてはいまい。

大崎は自分の得になることしか考えず、興味も持たぬ性分である。

御年寄は配下につけた御中臈が御手付きとなり、将軍の子を生むことによって権威を高める。競争相手の御年寄を敵視して止まず、御中臈ばかりか和子までも亡き者にすることを辞さぬが、落飾した蓮光院は対象外。お知保の方として寵愛されていた頃ならばいざ知らず、今は大崎に命を狙われる理由がない。

今後も大崎の機嫌を取る必要はあるものの、探索は不要だろう。

足取りも軽く長局向を離れた弓香は、御広敷に向かった。

大奥の内と外を隔てる場所なのは中奥と御錠口を繋ぐ御鈴（おすず）廊下も同じだが、あちらは将軍専用の通路であり、御役目の上であっても御刀持ちの小姓と御鈴当番の小納戸しか足を踏み入れることを許されない。

対する御広敷には面会の家族を初め、将軍の側室や御年寄の威光にあやかろうとご機嫌伺いに足を運んだ大名に旗本御家人、更には御用達の商人といった、立場も生業（なりわい）も異なる人々が通される。元より男子禁制の大奥だが、この御広敷に限っては奥女中が将軍以外の男性と会うことを許されており、番士の監視の下ではあるが宿下がりをせずとも外の世界と接触できる、唯一の場所となっていた。

文字通り広々とした座敷は、今日もごった返している。

「すんませんのう、御女中」

弓香は御広敷に着いて早々、手すり越しにとぼけた声で呼びかけられた。

視線を向けた先に立っていたのは、ずんぐりむっくりした五菜の老人。

白髪頭を町人らしく結い直し、身なりは唐桟（とうざん）の羽織と小袖に麻裏草履（あさうらぞうり）。裾をはしょった下には股引と、雑用を仰せつかる下男の装いに改めた多門である。弓香より先に大奥に入り込んでいたのだ。

「我は女中には非ず、蓮光院様付きの別式女だ」

「おや、ご同役でしたか。初めて見たけんど、勇ましいもんだなぁ」

初対面を装って毅然と答える弓香に合わせ、多門は小さな目を見開いた。

「余計なことを申すでない。そなたは？」

「わしは蓮光院様にお仕えしとる、五菜の多吉（たきち）っちゅうもんです」

「我は弓香だ。して多吉、用向きは何だ」

「こちらをお届けに参りました。蓮光院様がご所望のお品でごぜえます」

すっとぼけた口調で告げながら、多門は持参の籠を掲げて見せた。

「ご面倒をおかけしますけんど、蓮光院様にお渡しくだせえ」

「構わぬが、よからぬものは大奥には持ち込めん。念のために検めるぞ」

「へい、ご随意になせえまし」

多門は萌黄の紐を解き、籠の中身を次々に取り出した。御広敷番配下の添番が後方で目を光らせているのを承知の上での振る舞いだった。

「全て菓子か。嘉祥と同じ品揃えだな」

小分けにされた八つの包みを確認し終えて、弓香は言った。

耳をそばだてているであろう添番のみならず、御広敷に居合わせた全員に聞こえるように、不自然と思われない程度に声を張ってのことである。

弓香は無言で多門を見返し、目で頷く。

「嘉祥、でごぜえますか？」

多門が不思議そうに問いかけた。

「悪しき気を祓うため上様がお大名とお旗本、御台所様が大奥勤めの方々に恐れ多くも御菓子を下さるのだ」

「そういうことでございましたか。嘉祥の御菓子ちゅうても分からんもんで、蓮光院様のお申しつけどおりに買って参っただけですけんど、そういえば年に一度の有難いもんをとんだことで食べ損なったからってお言伝でした。一体どういうことでございますか？」

「知らぬほうがよいことだ。忘れよ」

「さいですか。そんなら、よしなにお頼み申します」

「ご苦労」

そそくさと立ち去る多門を尻目に、菓子を受け取った弓香も御広敷を後にした。

多門が嘉祥の御菓子と同一の品々を揃えて持参したのは、蓮光院と示し合わせてのことだった。

御菓子に一服盛られて命を落としかけたにもかかわらず、同じものを買い求めれば誰もが気になる。毒を仕込んだ張本人の曲者は言わずもがなだ。

弓香と多門のやり取りを監視していた添番も含め、特に不審な反応をした者はいなかったが、これで蓮光院と御菓子のことが噂となって、大奥のみならず江戸市中にも流れるに違いない。

その噂を曲者が耳にすれば、必ずや動き出す。

狙いが蓮光院であるならば、目的を遂げずにはいられぬ筈だ。

再び毒を用いるのか、あるいは別の手段を用いるのか。

いずれにしても蓮光院の警固は万全にし、危険を排除しなくてはなるまい——。

六

(あの源氏読み、胡乱(うろん)ですね……)

蓮光院の部屋に向かいながら、弓香は疑念を深めずにはいられなかった。

以前に弓香は一度、町中で咲夜を目にしたことがある。

共に目撃した多門は毒婦と判じていたが、今は弓香もそう思う。

雅(みやび)な物語を語ることを生業としていながらも、あの女人は邪悪そのもの。

立ち合った相手を見切る剣客の目は、悪しき本性を見抜いていた。

蓮光院に一服盛った曲者とは、もしや咲夜なのではないか?

嘉祥の御菓子は前の日に数を揃え、白木の台に個別に盛りつけられた状態で当日の朝を迎える。将軍と御台所にかける手間を、最小限に抑えるためだ。

配るまで一晩の間がある上に、どの御菓子を誰が受け取るのか特定するのは難しいことではない。大名や旗本と同様に大奥の女たちも席次の順に配られるため、御菓子を盛った白木の台が置かれる位置は事前に決まっているからだ。

数が多いだけに配膳には手間がかかり、大奥でも奥女中たちが大わらわで前日の内に間に合わせる。猫の手も借りたい状況でも、源氏読みの咲夜は講義を受け持つだけの立場だ。作業に駆り出されることはなく、せいぜい労をねぎらうぐらいだろう。

配膳中の現場にさりげなく紛れ込み、蓮光院が受け取る白木の台の置かれた位置を特定すれば、夜明けまでに毒を仕込むのも可能な筈。

嘉祥の前日に咲夜が大奥に泊まっていれば、容疑は濃厚。

弓香は御右筆の用部屋に急ぎ向かった。

定員三名の御右筆は大奥から外部に出される書状を清書するのみならず、記録係も兼ねている。外部からの人の出入りを日々確認し、書き留めておくのも重要な役目の一つであり、通いの咲夜も対象に含まれているに違いない。

「ご免」

「こ、これは弓香様……」

訪いを入れた弓香が顔を見せるなり、堅物の御右筆頭は頬を染めた。

「御用の最中に申し訳ない。嘉祥の前の日のお出入り記録を見せては貰えぬか？」

「はい、喜んで！」

他の者が尋ねれば不審に思われそうな問いかけに、御右筆頭は二つ返事。

「これ、お下がりなされ」

「いいえ、ここは私がっ」

配下の二人はと見れば先を争って棚に駆け寄り、記録の綴りを取り合っていた。


弓香の予感は的中した。

その日の咲夜は特別講義と称し、配膳が終わる時間まで大奥にとどまったばかりか体調が優れないと訴えて、大奥で一泊していたのである。

しかし一つの裏が取れただけでは、当人を問いつめるにはまだ早い。

仮に咲夜の仕業としても、何の動機があるのだろう。

蓮光院に対する、個人的な恨みか。

先代将軍に寵愛され、世子の生母となった立場に絡んでのことなのか？

家治と家基の存命中ならばともかく、今の蓮光院に政治的な力はない。

にもかかわらず大奥から出られぬのは二人の菩提を弔うという名目の下、その命が尽きるまで飼い殺しにする必要があるからだ。

それは蓮光院に限らず、全ての御手付き中臈の末路だった。

将軍に見初められれば、余人は知り得ぬ将軍家と幕府の内情を見聞きできる立場となる。御手を付けた将軍の口が堅く、余計なことを一切語らなかったとしても、相手の御手付き中臈に将軍の容姿や習慣、果てには性癖まで漏洩されては一大事。将軍家末代までの恥となり、徳川の天下を快く思わぬ外様大名は元より庶民にも嘲笑されてしまうだろう。

過去に大奥、あるいは将軍家の御用屋敷で飼い殺しにされた女たちの中には左様なことを口外しそうな不心得者がいたかもしれないが、蓮光院がそんな真似をするとは弓香には思えない。

野心とも傲慢さとも無縁なままにひっそりと生きる、落飾しても褪せぬ美貌を武器にすることもない女人の命を付け狙う、何の理由があるのだろうか——？

「初のお勤めで疲れたであろう。床を取りなされ」

弓香が蓮光院にそう告げられたのは、夜も更けた頃のことだった。

「滅相もございませぬ。蓮光院様こそお気兼ねなく、お休みくださいませ」

答える弓香の口調は、家族と接する時と同様に女らしい。

男勝りの武張った物言いはそなたには似合わぬと、蓮光院に初対面の挨拶をして早々に指摘されたのだ。

「御火の番、さっしゃいませ～」

部屋の外の廊下から二人一組で夜間の巡廻に勤しむ、御火の番の声が聞こえる。

「私もお部屋の周りを見て参りましょう」

「いいえ、それには及びませぬよ」

「されど、もしも曲者が……」

「忍び込んだ時は、そなたが制してくれるのでしょ？」

「はい。決して後れは取りませぬ」

「ほほほほ……さすがは風見の鬼姫、頼もしき限りですこと」

決意も固く答える弓香に、蓮光院は声を上げて笑った。

「恐れ入りまする」

弓香は恥ずかしそうに微笑んだ。

鬼姫と呼ばれて悪い気がしないのは、竜之介と初めて会った時以来である。

「さ、もう休みなさい」

笑い過ぎて滲んだ涙を払い、蓮光院は重ねて弓香を促した。

語りかける口調は優しいだけではなく、くだけたものとなっている。

五十を過ぎた蓮光院は、弓香から見れば母親に等しい世代。

厚意に甘えたいのは山々だったが、気を抜いた隙に危機を招いてしまっては警固役として大奥に来た意味があるまい。

「されば、その張りだけでも楽になさい」

「張り、にございまするか？」

「さらしを巻いて押さえていても、辛いばかりですよ」

「は……」

頬を赤らめて黙った弓香に、蓮光院は続けて呼びかけた。

「恥ずかしがるには及びません。お乳が張って痛むのは、私にも覚えがあることです」

「蓮光院様」

「そなたは五百石取りの奥方なれど、己が乳にて子供を育てておると聞き及んでおります。その子と離れてのご奉公、世話をかける身で申すのもおこがましいことですが無理をしてはなりませぬ」

「もったいないお言葉、謹んで甘えさせて頂きまする」

弓香は深々と一礼し、次の間に下がっていった。

七

将軍の御手が付かない御中臈は個室を与えられず、相部屋で共同生活をする。

「本当に素敵なお方だこと」

「お姉様ってお呼びしたいわ……」

「何言ってんの、弓香様より年上のくせに」

「まだ二十八ですー。御褥御断（おしとねおことわり）まで二年もありますー」

雪絵が暮らす一室は、弓香の話題で持ちきりだった。

「貴方は何てお呼びするのよ雪絵さん。弓香様？　それともお姉様かしら」

「私は……別式女様、かな」

「何よそれ、味もそっけもないじゃないの」

「そうそう、あの厳つい男女どもとは別物なんだからさ」

「その男女たちもお姉様にお熱みたいよ。来られて早々に腕試しを挑んでさ、総なめにされて目が覚めたんだって」

「そうなんだ。あの連中も私たちと同じだったんだねー」

同室の御中臈たちが盛り上がる中、雪絵は関心が薄い態を装っていた。

実のところは興味津々。誰もが夢中になるのも、よく分かる。

弓香を一目見た途端、雪絵は震えた。

自分と同じ女でありながら、これほど凛々しいお方が現世に存在したのか。

これまでは咲夜が一番と思っていたが、弓香は別格。

咲夜が時として滲ませる、どろりとした情念は微塵も見受けられず、あちらが平安の女御とすれば弓香は女武者。手が届かずとも憧れずにはいられない、美しさと強さを兼ね備えている。

他の御中臈たちも咲夜びいきだったのが一変し、弓香に熱を上げるばかり。

とはいえ、女同士で愛し合いたいと考えているわけではない。

女の園に突如として舞い降りた、男装の麗人。

将軍以外は性の対象と見なすことのない御中臈たちに、弓香は目の保養と心の滋養を与える存在となったのだ。

「弓香様の前じゃ女狂言師も立つ瀬なしでしょ」

「いっそ舞台に立って頂きたいわ……」

「大崎様にお願いしてみよう！」

雪絵が無言で見守る中、語らいは熱が上がる一方だった。

御次たちの相部屋では、武乃がまんじりともせずにいた。

同役の五人はいびきをかいて眠りこけている。こっそり持ち込んだ徳利の酒を弓香の話題に興じながら鯨飲し、いつもより早く酔いが回ったらしい。

武乃も相伴（しょうばん）したものの、無邪気に盛り上がれる話ではなかった。

正敦を襲撃する一行に加わり、渡り合った弓香の顔はしかと覚えている。

あれほどの腕利き、それも女剣客と戦ったのは初めてのことである。

腕に覚えの手裏剣術を封じられ、女の正体を暴かれた身としては恥を雪（そそ）ぎたい限りだが、再び挑んだところで勝負を制する自信はない。

なぜ、あの女剣客は大奥に来たのか。

聞けば奥小姓の奥方だそうだが、蓮光院の警固ならば他口で手配はつくだろう。

人妻を、それも子持ちをわざわざ登用した理由が分からない。

不明であるがゆえに疑念は尽きず、武乃の不安は増すばかり。

寝不足は明日の勤めに差し障ると分かっていても、眠れそうにはなかった。

八

御府外（ごふがい）では大雨の影響により、洪水が続出していた。

東海から近畿の各地、特に三河（みかわ）と駿河（するが）、美濃（みの）の被害が大きい。

京では鴨川（かもがわ）と桂川（かつらがわ）が出水し、昨年に発生した未曽有の大火に続く水害が都の日常を脅かし、復興に文字どおり水を差していた。

各地から続々ともたらされる報告への対応に、定信は今日も忙しい。

脇を支える信明と忠籌も、政務に忙殺されている。

正敦も朝一番で登城に及び、潑溂と配下の指導に当たっていた。


その日、須貝外記は非番であった。

大名小路の屋敷を訪れた客人は、元より承知のことである。

夜討ち朝駆けの理（ことわり）に従い、悪党なれど知略に疎い外記を利用して真の目的を遂げんとする、欲得ずくの来訪だった。

「奥小姓の風見竜之介、だと？」

前触れもなく訪ねてきた僧形の女人の話に、外記は唖然とさせられていた。

正敦の袖ヶ崎に通う足が絶えてしまい、命を狙う機会を失した苛立ちがたちどころに消えてしまうほど、途方もない話であった。

「そやつはまことに上様の御下命により、御成敗をしておるのか？」

「左様にございます」

はきはきと答えたのは咲夜。

悪名高い外記の独眼竜を恐れもしない、滔々とした口上であった。

「そやつが俺の邪魔をしおったと、何故に言い切れるのだ」

「先に須貝の殿様のお話を伺うて合点がいきました。その者は猪田さんを退けた時に左手遣いの邪剣を使うたのでございましょう」

「間違いあるまいな、猪田」

外記が鋭い視線を下座に向けた。

「は、ははっ」

二人の話に同席させられていた文吾が、慌てて答える。

「江戸広いしと申せど、それほどの左手遣いは竜之介の他におりますまい」

自信を持って言い切ると、咲夜は話を続けた。

「御成敗と申さば聞こえも宜しゅうございましょうが、斬るのは表沙汰にすることが御公儀にとって具合の悪い者たちばかり……要は上様御抱えの刺客にございまする」

「小姓が刺客か。御側仕えなれば、確かに使いやすいことだろうよ」

外記は得心した様子で頷いた。

「して、竜之介には仲間はおるのか」

「分かっておるのは他に二人。奥方と義理の父親にございます」

「風見家先代の多門と、家付き娘の弓香のことだな」

「はい」

「槍の風見に鬼姫か……これは手強いの」

そう言いながらも、外記に臆した様子はなかった。

「風見多門とはかねてより、決着をつけたいと思うておったのだ」

「いずれ相まみえることになりましょう。その時はご存分になされませ」

「良かろう。そなたの話に乗ってやるわ」

外記は不敵に微笑んだ。

「して、そやつらの仕切りが老中首座……松平越中守と申すはまことなのか」
「私は偽りなど申しませぬ、須貝の殿様」
「とは申せ、あの堅物だぞ」
「最初は私も左様に思いましたが、こたびは御意を得るより先に風見を動かすほどに入れ込んでおりまする」

咲夜がその事実を知ったのは外記が差し向けた四人の家士、そして猪田文吾と武乃の兄妹が正敦を暗殺すべく、襲撃を繰り返していたのを踏まえてのことだった。

筆まめな定信も、影の御用そのものに関する記述は一切残していない。

しかし、探索については別だった。

正敦が命を狙われていることを最初に突き止めたのは、為長ら家中の士。そして裏を取ったのは桑名藩から借り受けた、服部家の面々だった。

須貝外記は元より評判が最悪の、大番頭きっての鼻つまみ者だ。

いずれ竜之介に成敗させるにせよ、評判の良い同役を亡き者にしようとした事実は記録に残し、家名を断絶する理由の一つにしたい。

そんな思惑があって綴った書き付けを、咲夜に盗み読まれてしまったのだ。

竜之介が御用部屋に呼ばれ、定信と密談に及んでいたのも咲夜は承知の上である。

当の定信は、いまだ気づいていない筈。

その隙に外記に注進し、成敗されてしまう前にこちらの目的を果たしたい。

ゆえに咲夜は朝駆けに及び、焚きつけているのである。

「おのれ越中守、潰されて堪るものか！」

咲夜の話を聴き終えるなり、外記は怒声を張り上げた。

「猪田、こたびこそ後れを取っては相ならぬぞ」

「と、殿……」

「風見竜之介を見事討ち取り、うぬの強さの証しを立てるがいい」

「………」

人払いした座敷に同席させられたのは文吾のみ。武骨な顔が青ざめている。外記が咲夜と手を組み、正敦ばかりか蓮生院まで亡き者にする計画を実行すると言い出したからだった。

「しっかりなされ猪田さん。今さら逃げ出すことはなりませぬぞ」

動揺を隠せぬ文吾に、咲夜は平然と告げてくる。

障子窓の向こうの雨は止み、雲も去ったようである。

窓越しに射す光が咲夜の坊主頭、そして酷薄な笑みを照らしている。

毒婦の邪な企みは、外記の目的と一致していた。

咲夜は定信に大奥出入りを許された立場を活かし、巧みな語りで奥女中たちを魅了してきた。何も知らずにいる定信を潰す計画に、機を見て利用するためだった。

しかし蓮生院は茂姫と同様、一向に咲夜に靡かない。

それればかりか咲夜を胡乱な輩と判じ、出入りを差し止めるべきだと定信に進言までしていたのである。

咲夜にとって邪魔な存在なのは正敦も同じであった。

正敦は源氏物語に詳しく、その教養は源氏読みの咲夜を上回る。

定信は折を見て正敦を若年寄に抜擢し、奥勤めを兼任させるだろう。

さすれば大奥に出入りも許され、奥女中たちに講義をすることも可能となる。

その時は、咲夜はお払い箱になるだけだ。

定信は実力で人材を評価する。女だからと贔屓はすまい。

ここは先手を打ち、邪魔者をまとめて葬り去るのが肝要。

ゆえに外記との同盟、有り体に言えば利用しようと考えたのだ。

「して、そなたに策はあるのか」

外記が咲夜に問うてきた。

「おや、私などの考えに沿うて頂いて宜しいのですか」

「謙遜には及ぶまい。早う申せ」

口調こそ尊大だが、これでも精一杯の低姿勢。

咲夜は口角を上げて微笑んだ。

「されば……心中立てなどいかがでしょうか？」

「心中とな」

「摂津守は蓮生院とは旧知の仲。良き取り合わせかと存じまする」

「ふむ、主殿頭絡みだな」

「ご存じだったのですか」

「一時は噂になったゆえな。悪う言われたのは伊達だがの」

「左様でしたか」

驚きを露わにすることなく、咲夜はまた微笑んだ。

それは邪魔者を排除すると同時に、私的な復讐も兼ねた企みであった。

かつて正敦の兄の伊達重村は、同じ外様の大藩である島津家に負けじと高い官位を得るべく、蓮生院を通じて意次に力添えを頼んだことがある。

それほど世話になったにもかかわらず意次が失脚し、田沼家が厳しい処罰を受けるのを止めようともしなかったのだ。

蓮生院は言う及ばず、伊達の兄弟も憎い。

その片割れである正敦に引導を渡すのは、何とも喜ばしいことだった。

「摂津守が自害、それも相対死に及んだとなれば伊達の家名も地に堕ちよう。二代目高尾太夫の吊るし斬りに次ぐ恥を晒さば、独眼竜の裔の誇りも保てまい」

隻眼をぎらつかせ、外記はにやりと笑って見せる。

「その意気でございますよ、殿様」

焚きつける咲夜も満面の笑顔になっていた。

傍から見れば邪悪の極み。

逆恨みにも程があるというものだ。

しかし咲夜は大真面目。

亡き意次と意知は、きっと喜んでくれるに違いない。本気でそう思っていた。

第五章　欲を制して御成敗

一

小降りのまま降り続いた雨が上がったのは、昼の間際のことだった。

連日に亘って江戸の空を覆っていた黒雲も失せ、久方ぶりに顔を覗かせたお日様が八百八町のぬかるむ道を、雫が溜まった屋根の瓦を乾かしていく。

晴れ渡った空の下、明るい日差しは千代田の御城の陰の部分――本丸御殿の北面を占める大奥にも、燦燦と降り注いでいた。

大奥は三ヶ所に中庭が設けられている。

上下の御鈴廊下に挟まれた庭は広く、御台所が奥女中たちと謁見する御座の間に面した庭はやや狭め。

将軍専用の上御鈴廊下を通り抜け、御錠口を潜ってすぐ左手にある御小座敷にも日当たりの良い、小体(こてい)ながら瀟洒(しょうしゃ)な中庭が付いていた。

「よう晴れておる……実に良き日和(ひより)だな」

御小座敷の中庭に出た家斉は目を細め、雨上がりの空を仰ぎ見る。

午前の予定を終えて早々に大奥へ渡り、家斉の頭痛が鎮まると同時に体調が戻った茂姫と共に中食を終えたばかりであった。

「このまま梅雨が明けてくれれば尚のこと、気も晴れるであろうよ」

「上様の御尊顔は、疾(と)うに良き御気色(みけしき)とお見受け致しまする」

「そなたこそ、花の顔(かんばせ)に戻って何よりぞ」

縁側に座して微笑む茂姫に、家斉は笑顔で歩み寄る。

「これも上様が御平癒(ごへいゆ)なされたがゆえにございます。おかげさまで気が晴れたばかりか胸の内まで、ぽかぽかと暖かい心持ちで……」

「その節は心配をかけてしもうたな。面目ない」

「何を仰せになられますか。上様あってのわらわにございまするよ」

「ははは、愛(う)い奴だ」

茂姫の可憐な物言いに、家斉は頬を綻ばせた。

すっかり顔色が良くなったものの、剣術の稽古はまだ自重している。

もう一つの日課であった打毬も梅雨明けまで控えると宣言し、泥が撥(は)ねても構わず馬を駆り、毬杖(ぎっちょう)を振り回す家斉に毎度付き合わされた小姓衆は言うに及ばず、打毬の御用に関わる役人として夜明け前から馬場を整え、審判を申しつけられていた毬目(まり)付と毬奉行らも安堵の余り、胸を撫で下ろしたという。我がままを通すも止めるも勝手の家斉は元より与(あずか)り知らぬことだ。

「上様。こちらで御休みになられませぬか」

家斉が縁側に上がるのを待って、茂姫が呼びかけた。

遠慮がちな口調ながらも膝を崩し、横座りになっている。万事に慎みを求められる御台所にしては大胆な振る舞いであった。

足取りも軽く、家斉は茂姫に歩み寄る。

「さ、御楽になされませ」

「うむ、苦しゅうない」

柔らかい膝に頭を預け、家斉は目を閉じた。

無言で微笑む茂姫には、以前は見受けられなかった余裕がある。

側室の数がどれほど増えても、御台所の立場は揺るがない。元より盤石だったのだと気づいたがゆえのことだった。

将軍は毎日、大奥で少なからぬ時を御台所と過ごしている。朝の御勤めとして御仏間に祀られた歴代将軍の位牌を拝むのも、続く総触で御目見以上の奥女中の挨拶を受けるのも、二人が揃わなければ日課として成立しない。中食のみならず夕餉まで一緒に摂ることができるのも、御手付き中臈となっただけでは許されない特権だ。

家斉は淑姫を生んだお万の方だけでは満足できず、将軍家の養女として紀州徳川家に嫁いだ種姫と共に大奥から去ったお楽の方を年内中に連れ戻し、正式に御手付きにすべく機を窺っている。

若い家斉を虜にした年上の美女たちに脅威を抱き、募る不安の余りに先日は取り乱してしまった茂姫だが、療養中に御台所の立場は不動なのだと改めて気づいたことで心に余裕が生じ、装わずとも悠然と振る舞えるようになっていた。

いずれ家斉の子を、願わくば男の子を授かって次期将軍の生母となる望みはいまだ捨てていないが、何も焦るには及ぶまい。

茂姫には家斉と共に一橋屋敷で育った、幼馴染みという強みもある。

少年の頃から我がまま勝手な家斉も実の父親の治済にだけは逆らえず、日々のしかかる重圧の反動で暴力的に振る舞う余り、お付きの一人だった中野定之助に大怪我を負わせてしまった秘密まで承知していた。

自分は同い年の将軍の、強みも弱みも知り尽くしている。

側室たちの存在に脅威を覚える必要など、最初からありはしなかったのだ──。

「ふふ」

寝息を立て始めた家斉の頭を、茂姫は愛(いと)おしげに撫でる。

微笑む顔は頭上の青空に劣らず、明るく晴れ渡っていた。

二

外記と話を付け、大名小路の屋敷を辞去した咲夜の行動は素早かった。

辻駕籠を拾い、酒手(さかて)を弾んで飛ばした先は千代田の御城。

表から中奥に抜けて大奥に渡り、早々に訪ねた相手は蓮光院。

かねてより快くは思われていないことを承知の上での訪問だった。

「何用にござるか、咲夜先生」

前触れもなく訪れた源氏読みを、弓香は淡々とした態度で迎えた。

「蓮光院様にお言伝がございます。卒爾ながらお取り次ぎくだされ」

冷然とした女剣客と対峙する、咲夜の顔は無表情。眉一つ動かすことなく、正面に膝を揃えた弓香に鋭い視線を向けていた。

「ならば私がお伝え致す。ご口上を承ろう」

「それはご遠慮願います。蓮光院様のご進退に関わるお話にございますれば」

「左様な大事を、おぬしごときが何故に？」

「これは聞き捨てなりませぬね。私は松平越中守様のお引き立てにより大奥出入りを許されし身であるのみならず、元を正せば公家の出ですよ」

「大口を叩くでない。公家とは名ばかりであることは、既に調べが付いておるぞ」

「お調べ？　それは、この私を咎人扱いしてのことですか」

「おや、身に覚えがあるらしいな。さもなくば、咎人云々という言葉がさらりと出る筈もあるまい」

「まぁ、重ね重ね無礼ですこと」

「それは相手によりけりだ。誰にでも斯様な口を利くと思うたか」

「違うのですか。鬼姫と呼ばれたお人だけに、常に傍若無人かと」

「鬼に謝れ、この羅刹め」

「お黙りなされ、男女が」

ぴたりと襖が閉じられた、次の間の中は二人きり。

大崎の住まいに及ばぬまでも部屋の数が多いため、声を潜めた弓香と咲夜の応酬は蓮光院と部屋子たちが籠っている、奥の座敷にまでは届いていない。

「私は蓮光院様をお護り致すが役目。胡乱な輩の口上を鵜呑みにすると思うたか」

わざと武張った弓香の口調には、客人として遇するには値しないと見なした相手を退散させんとする威圧が込められている。

対する咲夜は目をぎらつかせながらも、口元に笑みを絶やさずにいた。

「ほんにお口の悪いこと。それでは殿御も相手にしますまい」

「生憎だが私は夫のある身でな。他の男になど興味もないわ」

「左様ですか。それはそれは、ご馳走様」

「お粗末様とは申さぬぞ。おぬしが本性を見抜けずに色目を遣う男どもなど、我が殿とは比べものにもなるまいよ」

「……………」

「………」

無言で睨み合う二人の耳に、麗（うらら）かな声が聞こえてきた。

「心にまかせて見たてまつりつべく、人も慕いざまに思したりつる年月は、のどかなりつる御心おごりに、さしも思されざりき。また心の中（うち）に、いかにぞや、瑕（きず）ありて思いきこえたまいにし後（のち）、はたあわれもさめつつ、かく御仲も隔たりぬるを、めずらしき御対面（たいめ）の昔おぼえたるに、あわれと思し乱るること限りなし――」

蓮光院は私室に部屋子を集め、源氏物語を読み聞かせ中。

似非（えせ）と見なした咲夜の講義を受けさせぬ代わりに、自ら教えているのだ。

御小姓や部屋子など幼くして大奥に奉公する少女たちは、男日照りを持て余した奥女中から男女の営みの誤った知識を吹き込まれ、からかわれたと気づかぬまま信じてしまいがちである。そんな風潮を蓮光院は憂慮し、咲夜の語りも悪しき影響を及ぼすだけと判じた上で、部屋子たちの教育に取り組んでいたのであった。

「――女はさしも見えじと思しつつむめれど、え忍びたまわぬ御けしきを、いよいよ心苦しう、なお思しとまるべきさまにぞ聞こえたまうめる。月も入りぬるにや、あわれなる空をながめつつ、恨みきこえたまえるつらさも消えぬべし。ようよう今はと思い離れたまえるに、さればよと、なかなか心動きて思し乱る――」

本日の教材は第十帖『賢木』。

桐壺帝の皇子でありながら世を忍ぶ立場の光源氏が義兄の頭中将に触発され、空蝉に続いて関係を結ぶも愛の重さに耐えかねて距離を置いたのが災いし、生霊と化して若い源氏をしばしば苦しめた、高貴にして哀しい女人である六条御息所を久方ぶりに訪ねる場面である。

「されば本日の歌をおさらい致しますぞ。光の君との別れに際し、この一首を詠まずにはいられなかった、御息所様のご心中を想いながらお聞きなされ」

ひとしきり読み聞かせを終えた蓮光院は、哀切を帯びた声で詠じた。

「おおかたの秋の別れもかなしきに　鳴く音な添えそ　野辺の松虫……」

「何とまぁ、真に迫ったお声でございますこと」

年下の恋人への惜別の情を込めた一首を耳にしながら、咲夜は呟く。

一歩も退かず舌戦を繰り広げていた弓香がぞくりとさせられるほど、不気味な響きを帯びた声であった。

「別式女殿、これは聞き捨てなりませんぞ」

「おぬし、何を言うておるのだ？」

「ああ、子細まで申さねば分かりませぬか」

　表情のない顔のまま、咲夜は口角を持ち上げる。

　更なる悪口雑言が飛び出すかと思いきや、口にしたのは正論だった。

「そもそも蓮光院様は十代様と家基様の菩提を弔われるために落飾なされし身。にもかかわらず高い身分をわきまえず愛欲に迷い、生霊となりて二人も殺めた六条御息所の歌にこれほどまでの想いを込めなさるとは、失礼ながら呆れた限りと申すより他にございますまい」

「左様に申す貴女の語りこそ真に迫りすぎ、年端もいかぬ御小姓衆や部屋子どもには好ましゅうないと仄聞しておるが」

「致し方ありますまい。お調べのとおり私は貧乏公家の娘なれば、心ならずも貧して鈍せしところも多うございましょう。されど蓮光院様には、しかるべきお立場というものがございまする」

「ほんの一首を詠じられただけで、そこまで申すことはあるまい」

「一事が万事にございます。これではいつ何時、過ちを犯されるか分かったものではありますまい。源典侍のごとく、老いてなお殿方を惑わせるのかと勘繰られたら何となさるのですか」

「源典侍だと？」

聞いた覚えのない名前だった。

「思うた通り、ご存じではありませぬか」

弓香が戸惑ったのを見逃さず、咲夜は口元を皮肉に歪めて嗤（わら）う。

源氏物語に第七帖『紅葉賀（もみじのが）』から登場する源典侍は桐壺帝に仕える、年季の入った女官である。

帝に寵愛される藤壺中宮（ふじつぼのちゅうぐう）が光源氏と瓜二つの男の子を生み、義理の母と息子でありながら一夜の過ちを犯した二人が思い悩む『紅葉賀』の前半から一転し、六十に手が届かんとする典侍が若い源氏と頭中将を手玉に取る展開は、重苦しい話の流れを緩和すべく作者の紫式部が織り込んだと見なされ、典侍は品が良く人望もありながら色を好む、されど微笑ましい人物として描写されている。

とはいえ稀代の貴公子の恋愛遍歴を彩った女たちの一人としては末摘花（すえつむはな）にも増して語られる折が少なく、源氏物語を通読していない弓香がその名を知らぬのも致し方なきことだったが、咲夜にしてみれば格好の攻めどころ。ここぞとばかりにやり込めるつもりらしい。

「光の君の物語は恐れ多くも神君家康公が御愛読なされ、将軍家のみならず大名諸侯に広めんと御望みになられたことは、流石にご承知置きでございましょう。女だてらに弓馬刀槍の業前が売り物のお立場と申せど、その様では無知無学……いえ、不忠者の誹りを避けられますまい」

「ぶ、無礼な」

「無礼なのは御直参の奥方でありながら将軍家への忠義が足りぬ貴女ですよ。光の君の物語と申さば武家に限らず、市井の娘たちもこぞって読んでおるものを……ご幼少の頃から殿御をやり込める技を磨くのに明け暮れ、おなごらしいことは何一つご存じないまま、お育ちになられたのでございましょう？」

「くっ……」

「図星でしたか、鬼姫様」

蔑む眼差しを向けられながらも言い返せずに、弓香は俯く。

剣術修行に熱中し、風見の鬼姫と呼ばれるに至った弓香だが、女らしいことに興味がなかったわけではない。少女の頃から可愛い着物や髪飾りが全く似合わず、幼子に構おうとするたびに大泣きされ、ならば男に負けないほど強くなるのみと意地を張り続けた結果、やりすぎたと気づいた時には後戻りができなくなってしまっていた。

そんな弓香も竜之介と巡り合い、女の幸せを知って久しい。

しかし教養の不足、それも将軍家が推奨する源氏物語を通読していないと指摘されてしまっては、反論の余地がなかった。

「何とされました？　早く申し開きをなさいませ」

咲夜は皮肉な笑みを絶やさず告げてくる。

この毒婦、よほど人をやり込めることが好きらしい。

「これでは話になりませぬね。されば無用の邪魔立てをせず、蓮光院様に取り次いでくださいな」

無表情から一変し、満面に嗜虐（しぎゃく）の笑みを浮かべて咲夜は促す。口調までぞんざいなものとなりつつあった。

堪らずに弓香は顔を上げた。

悔しさの余りに強張った肩の力をそっと抜いたのは、帯前の脇差に手を掛けるのが可能な状態とするためである。

揃えた膝の右脇に置いた刀を抜くには左腰に取り直す手間を要するが、脇差ならば一挙動。目の前に座している咲夜を斬って捨てるぐらいのことは雑作もない。

この毒婦が許せない。

動かぬ証拠を摑むまで手を出してはなるまいと思っていたが、もはや限界だった。

「何です、その目はっ」

機先を制するつもりなのか、咲夜が鋭く問いかける。

「ご免」

続く言葉を封じるかのごとく、落ち着いた男の声が襖越しに聞こえてきた。

「く、栗本先生か」

「御役目ご苦労にござるな、弓香殿。お邪魔致しても構わぬか」

「ど、どうぞ……」

弓香はぎこちない手つきで襖を開く。

機先を制されながらも安堵した面持ちだった。

咲夜は無言で腰を上げ、その傍らを通り過ぎていく。

「急用を思い出しましたので、お先に失礼致しまする」

元格に対してだけは淑やかに、頭を下げるのを忘れなかった。

三

「ただならぬ殺気でござったな。元より武芸の心得なき身でも、それと分かるほどでありましたぞ」

「不覚の至りにございまする。栗本先生、どうか竜之介にはご内密に」

そんな詫び言を弓香が口にしたのは元格が蓮光院の診察を終え、次の間で二人きりになった後のことだった。

「ご安堵なされよ。元より告げ口など致すつもりはござらぬ」

「かたじけのうございまする」

重ねて詫びる弓香の口調は常のごとく、旗本の奥方らしいものだった。

対する元格は、くだけた物言いとなりつつあった。

「……そちらのほうが似合うておる」

「何のことですか、先生？」

「そなたの物言いだ。強いて武張ることもあるまい」

「大崎様のお申しつけなのです。奥女中の方々には、こうしたほうが良いと」

「望んで籠の鳥となりし女どものご機嫌取りか。くだらぬことだ」

「私もおなごでございますよ、先生」

「もちろん分かっておる。なればこそ、そなたへの無理強いが度し難いのだ」

「痛み入りまする」

我がことのように憤る元格を窘めながらも、弓香は微笑む。

連絡役の奥医師に対する印象は、こうして言葉を交わすたびに改まる。最初は堅物とばかり思っていたが女嫌いというわけではなく、欲得ずくで動く輩を男女の別なく嫌悪しているだけだと分かってきた。

しかし、大奥は将軍の御手付きとなる機を虎視眈々と狙う女たちの巣窟だ。代々の奥医師に婿入りして家業を継ぎはしたものの、本音は嫌で堪らぬ勤めだろう。

それでいて蓮光院に対しては礼を失さぬのはもちろん、気遣いを忘れない。今日も源氏物語の読み聞かせが予定より長引いたのを急かすどころか同席し、部屋子たちと一緒になって神妙に耳を傾けていた。

そんな元格に蓮光院は信頼を預け、事件の探索にも協力を惜しまずにいる。

竜之介と弓香に多門、そして十兵衛を加えた四人が手分けをして調べる一方、信明と忠籌の力添えによって集められた情報は元格が蓮光院に照会し、心当たりの有無を確認している。

定信が黒幕と目した治済については見立て違いと判じた一同だったが、念のためにと多門が一橋屋敷に探りを入れても不審な点は見出せず、元格が蓮光院に尋ねた結果も同じだった。

一方、咲夜は調べれば調べるほど、疑わしいと思えてならない。

「あの源氏読みは曲者だ。この私に劣らず腹黒だぞ」

「先生が腹黒い？　ご冗談も程々になされませ」

「偽りは申さぬよ。さにあらずと見られるように装うておるだけだ」

「左様でしたか。いずれにせよ、あの毒婦に比べれば微笑ましいことですよ」

苦笑いする弓香が当人に指摘した通り、咲夜の父親は公家とはいえ殿中に参内を許されぬほど格が低く、貧乏暮らしの果てに母親ともども他界していた。

「零落すれども、武家源氏の末流であることを誇りとしておったらしい。伊豆守様のお話によると、兄がおったそうだな」

「年子とのことでしたね」

その兄も太刀術の手練と知られた腕前を悪用して強請りたかりを重ねた末に、洛中から姿を消して久しいという。

「そういえば弓香殿、咲夜と瓜二つの男を町中で見たことがあるとのことだが」

「はい。木葉刀庵と名乗る太平記読みです」

「それだ。源氏読みの兄が人気の太平記読みだったとは出来過ぎた話だが、首実検を致すに越したことはあるまい」

「私も左様に判じて父に探して貰うたのですが旅先からいまだ戻らぬとのことで、常打ちの小屋は元より、出入りを許されたお大名や旗本の屋敷にも立ち寄ってはいないそうです」

「こたびの一件には関わりようがないということだな。いずれにせよ江戸に立ち戻り次第、調べを付けねばなるまい」

「咲夜が尻尾を摑ませぬとなれば、そやつに活路を見出しましょう」

「源氏読みと太平記読みか。実の兄妹だとすれば、因果な稼業を選んだものよ」

元格の呟きは、信明が調べをつけてくれた話に基づいていた。

京都所司代から得られた情報によると既に家名は絶え、咲夜とその兄は公家であるとは表立って名乗れぬ立場であった。

その境遇が平安と南北朝の世でそれぞれ名を馳せた、源氏の一門に連なる男たちを讃える仕事を選ばせたのだとすれば、悪人ながら同情の余地はある。咲夜が源氏読みとして世に知られるに至ったのも天与の才に恵まれたのみならず、努力を重ねた結果に相違ないだろう。

しかし咲夜の来し方には、不審な点が多すぎる。

源氏読みの弟子にしたのは上方の大店の若旦那と隠居ばかりで、全員が講義の謝礼と見なすには無理のある大金を咲夜に渡していた。

誰も町奉行所に訴え出ないため事件として取り沙汰されてはいないものの噂となるのは避けられず、万事に取り締まりが緩い京大坂の町奉行も流石に怪しんで、息子や父親の恥を隠そうとする店々のあるじたちに探りを入れる一方、昨年から姿を消したままの咲夜の行方を追っていた。

それを知った忠篝は先頃に京で発生した出水の被害状況の調査ついでに、咲夜に関する町奉行所の記録を取り寄せてくれたのだ。

物語を語る口で男たちを籠絡し、大金を騙り取るのを常習とした手口は最初から金目当てだったことが明らかであり、町奉行所が関与しない公事として落着できる範囲を超えている。身柄を押さえ、取り調べるべき内容であった。

あの毒婦は定信によって江戸に招聘された後も、不審な事件に関与している。

咲夜が久松松平家の屋敷に身を寄せる以前に屋敷内の長屋を貸していた南町奉行所の与力一家が与力株を売却し、直後に行き方知れずとなった一件だ。

町方与力は御目見以下ながら旗本に準ずる立場で、公には一代限りとされる役目は事実上は世襲制。配下の同心とは役得も桁違い。養子縁組の礼金という名目で家督と代々の職が手に入るのならば、値千両でも惜しくはないと言われる程だった。

そんな大金を得た一家が失踪したばかりか奉公人も姿を消し、株を買った養子までいなくなったのは不可解に過ぎたが、定信の屋敷に移った咲夜の荷物は身の回りの品ばかりで、多門と十兵衛が探ったものの両替商などに大金を預けた様子もない。行き方知れずとなった者たちもいまだ見つからず、南北の町奉行所による懸命な探索も功を奏さぬままだった。

こうして咲夜の周囲では、常に事件が起きている。

怪しまれるのも当然だが、なぜか罪に問われるまでには至らない。

「あの毒婦、何を望んで生きておるのでしょうか？」

「目下の狙いが蓮光院様なのは間違いあるまい。幾ら巧みに装えど、あの眼光は獲物に牙を突き立てんとする餓狼さながらだ」

「生き物にお詳しい先生ならではのお見立てですね。されど熊も狼も生きるに必要な糧を得た後は、無闇に狩りをしないそうですよ」

「よう知っておるな、弓香殿」

「竜之介が申しておりました。十兵衛さんが主殿頭様から頂戴した犬を鍛えてくれた猟師の話だそうです」

「その犬、雷電という名であろう」

「ご存じだったのですか、先生？」

「主殿頭様のご命令で本草の調査かたがた、まだ仔犬であった雷電を紀州まで迎えに参ったのだ。栗本家に婿入りした後のことだが、まだ見習いだったのでな。もっとも源内殿がご存命ならば、私の出番はなかっただろう」

「平賀源内先生ですか。そういえば、お父上のご門下でいらしたのですね」

「奇矯なれど才気煥発、実に得難き御仁であったよ」

今は亡き同門の兄弟弟子のことを、元格は感慨深げに語った。

「話は戻るが、猟犬も無益な殺生を致さぬものだ。その牙は武士の刀と同じで、主命なくして命は絶たぬ。己が欲の赴くままに見境なく殺めて恥じぬ生き物など、世の中広しといえども人しかおるまい」

「それでいて抜かりがなく、手証を残さぬのが厄介でございまする。御上意によって御成敗をつかまつるには、確たる証しが要りますゆえ」

「その証しを吟味なさるのが越中守様か……真に厄介だな」

不安を吐露した弓香に、元格は渋い面持ち。

定信が後見している限り、咲夜には迂闊に手を出せない。秘かに探りを入れていたと知られるだけでも、怒りを買うのが目に見えていた。

されど咲夜にまつわる疑惑は、調べるほどに増すばかり。

毒婦の化けの皮を剝がすため、定信に庇護を止めさせなくてはなるまい。

「……竜之介に意見をさせましょう」

「構わぬのか弓香殿。あのお恨み深い越中守様が竜之介殿……主殿頭様の甥御の言葉に耳を貸されるだろうか？」

「至難ではございましょうが、あの方に最も近い立場なのも竜之介です。おなごの私や隠居の父は元より十兵衛さんでもご無理となれば、託すより他にありますまい」

「……心得た。しかと竜之介殿にお伝え致そう」

意を決して答えた弓香に、元格は言葉少なに頷いた。

四

大奥を後にした元格は、中奥に急ぎ向かった。

折しも当番で出仕していた竜之介は御刀持ちの御役目を忠成と交替して、控えの間に戻ったばかり。時を同じくして休憩に入った傍作らの求めに応じ、茶を煎じ始めたところだった。

「栗本先生か。常より遅いお越しでござったな」

「御役目ご苦労にござる。ささ、遠慮のうお入りくだされ」

日頃はお高く留まった英太と雄平が元格を気さくに招じ入れたのは、茶飲み友達と見なしていればこそである。

「ご免」

敷居を越えた元格は、小ぶりの風呂敷包みを携えていた。

「つまらぬものだがご一同の茶請けになされよ」

「おや、差し入れか？」

「薯蕷（じょうよ）饅頭にござる。築地（つきじ）に住まう患者が本復した礼にと届けてくれた」

「快気祝いならば縁起物だな。有難く頂戴致そう」

居合わせた一同を代表し、俊作が礼を述べた。

品の良い甘さで知られる名物の菓子を小姓衆は一つずつ、手持ちの懐紙を皿代わりにして受け取っていく。

相伴（しょうばん）する元格の饅頭はもちろんのこと、まめまめしく茶を煎じている竜之介の分を残しておくことも忘れてはいなかった。

「いつも相すまぬな、風見殿」

「先生こそ、お気遣いを頂いて恐縮にござる」

互いに感謝の意を示し、二人は饅頭に手を伸ばす。

甘味を食した後に喫する茶の味は、また格別なものである。

いち早く茶碗を乾した元格は、火鉢に躙り寄った。

さりげなく取った火箸で、灰に文字をしたためる。

定信を首座とする老中たちが機密の漏洩を防ぐため、日頃から御用部屋でしていることと同じであった。

どくふのぎ　えっちゅうさまにいけんされたし

元格が漢字を用いないのは手間を省くと同時に、何かの弾みで見られてしまった時に備えてのこと。

大の男がひらがなばかり使っていれば文章として意味を成さない、ただのいたずら書きだと言い張っても真実味があるからだ。

用いる言葉はあらかじめ取り決めてあり、咲夜のことは毒婦で通じる。

定信を越中と略称で呼べるのは本来ならば家斉だけだが、文字の数を抑えるために無礼を承知でこうしていた。

竜之介に連絡をしておけば十兵衛にも伝えてくれるので、元格が小納戸の控えの間まで足を運ぶには及ばない。

しかし本日の用件は、竜之介に一人で果たして貰わねばならぬこと。

至難であると承知の上で、託すより他にない役目だった。


「風見、いま一度申してみよ」

竜之介の進言を耳にした途端、定信は表情を一変させた。

梅雨寒が更に和らいだ、そろそろ八つ時の御用部屋。

定信は大奥から戻った家斉に政務の報告を終えると休憩も摂らぬまま、御用部屋の上席に膝を揃えて執務中だった。

これでは若い信明だけが小休止をするわけにもいかず、二人して黙々と筆を執っていたところに、竜之介が訪いを入れてきたのだ。

「聞こえなんだか、うぬ」

定信がゆらりと立ち上がった。

「落ち着いてくだされ越中守様。短気は損気にございまするぞっ」

信明の懸命な説得も、定信の耳には届いていない。

下座で平伏していた竜之介は、毅然と顔を上げて応じた。

「越中守様、重ねて申し上げまする。蓮光院様の一件につきまして、源氏読みの咲夜先生をお取り調べ願いまする」

「たわけ」

竜之介の目の前に仁王立ちするなり、定信は一喝した。平家蟹を思わせる形相に朱を注ぎ、こめかみに太い血の管が盛り上がっていた。

「咲夜殿を取り調べろだと？　身共が見込んだ者を咎人扱いしおるとは、うぬの目は節穴かっ」

「疑わしき点があってのことにございまする」

竜之介は臆さず言上(ごんじょう)し続けた。

調べをつけたことには、信明も少なからず関わっている。傍らではらはらしているのを更に動揺させるのは心苦しいが、ここは余さず明かすより他にあるまい。

そんな決意を込めた眼差しも、定信には通じなかった。

「黙りおれ。聞く耳持たぬわ！」

怒声を張り上げるなり、定信は背を向けた。

「越中守様？」

恐る恐る信明が呼びかけても振り向かず、再び上席に膝を揃える。

「……風見、下がっておれ」

溜め息を一つ吐いて、信明が命じる。

竜之介は無言で一礼すると、御用部屋を後にした。

大奥では咲夜が講義中だった。

弓香に人気を奪われても、表向きは平静を装っている。

受講を望む奥女中の数は目に見えて減っていたが、これも一時のことだと思えば腹は立たない。

蓮光院さえ亡き者にすれば、自ずと弓香はお払い箱だ。

元格だけでは手が足りず、五菜になりすました多門も御広敷までしか立ち入ることを許されぬ以上、もはや探索は成り立つまい。

大奥出入りの源氏読みとしての立場を脅かす邪魔者を排除すると同時に、奥女中の人気を攫(さら)った女剣客を追い払う。

おまけに痛い腹を探られることがなくなれば、一石二鳥どころか三鳥だ。

蓮光院の心中相手として正敦を葬ることで、須貝外記からは礼金が入るだろう。大した額は望めまいが、須貝家には他にも使い道がある。父親に似ず美形の雪絵には、家斉の御手が付く可能性が高い。生徒として再び確保し、二度と離れぬように手懐けておけば、後になって得られる恩恵は大きい。

雪絵は他の御中臈と違って気が弱く、利用するには打ってつけ。弓香に惹かれながらも咲夜が用を頼めば断れず、言うことを聞いてくれるのだ。咲夜が蓮光院に会わぬまま引き下がったのは、元格に遠慮をしたからではない。退散したまま再訪する素振りを見せず、自分の講義に入ったのは弓香と元格の油断を誘い、その隙に本命を送り込むためだったのだ。

事を任せたのは雪絵である。

何も難しいことをさせるには及ばない。御右筆も見破れぬほど精密に真似た筆跡で文をしたため、持って行かせただけであった。

「確かにお届けつかまつりました、蓮光院様」

「雑作をかけましたね。ご苦労様」

雪絵が届けた封書を疑うことなく、蓮光院は笑顔で受け取った。

聞けば御広敷で託されたものだという。

御広敷は大奥で唯一の、殿御が立ち入ることを許された場所だ。御用達の商人たちに限らず、御城中に勤める大名や旗本もやって来る。

その目的の殆どは出世と保身を図るために金品を持参し、御手付き中﨟たちに将軍への口利きを願い出ることだったが、中には我欲を持たずに足を運ぶ者もいる。

「摂津守殿……」

蓮光院が懐かしそうに呟いたのはお知保の方と呼ばれていた頃、御広敷でしばしば顔を合わせ、旧交を温めたいと久方ぶりに文を寄越した男の官名。

摂津守こと堀田正敦は兄の切なる願いを叶えるためにと労を厭わず、高価な贈り物ではなく持ち前の知性と教養で蓮光院の心を捉えた、忘れがたい殿御であった。


大奥での講義を終えた咲夜は中奥を抜け、表へと向かっていた。

正敦の下城が八つ時を過ぎるのは先刻承知。急いて訪ねるには及ばない。

以前にも増して御用熱心となった大番頭は日々、配下の指導に力を尽くしている。

今日も座学に続いて槍術の稽古を行わせ、一同を解散させた後に独り残って自身の鍛錬に勤しんだ後、汗に塗れた体を井戸端で拭いている最中だった。

「摂津守様、御役目ご苦労様に存じ上げまする」

「そなたは……御伽坊主か？」

見慣れぬ僧形の女人に呼びかけられ、正敦は怪訝そうに向き直る。

「申し遅れまして相すみませぬ。松平越中守様のお引き立てにより、大奥にお出入りをさせて頂いておりまする源氏読みの咲夜と申しまする」

「源氏読みの咲夜とな⁉」

「はい、左様にございまする」

名乗りを上げて微笑むや、正敦は態度を一変させた。

「こ、これは失礼をつかまつった」

慌てて肌を収めた正敦は、縁側に駆け寄っていく。

「先生のご高名は、かねてより存じ上げており申す。お目にかかれて幸いにござる」

「もったいないお言葉、痛み入りまする」

咲夜がその場で平伏したのは、大名が相手となれば当然の礼儀である。

しかし頭を深々と下げながらも、両の目は冷たい光を帯びていた。

「されば先生、ご用向きを承り申そう」

笑顔で問うてくる正敦は、もはや疑いなど抱いていない。

「こちらを……」

笑みを返した咲夜は、僧衣の袂（たもと）から封書を取り出す。

「つい先ほど、蓮光院様からお預かりした文でございます」

「れ、蓮光院様とな⁉」

驚く正敦の声が歓喜を帯びているのを、咲夜は聞き逃さなかった。

「しっ、お声が大きゅうございまする」

注意を与えながら手渡す書状は、表書きの筆跡まで本人そのもの。

「見紛うことなき水茎（みずぐき）の跡……久方ぶりに拝み申した」

「お返事は私が承りまする。さ、まずはお目を通してくださいませ」

「かたじけない」

正敦は嬉々として文を広げた。

「……」

喜びを隠せぬ正敦を見守りつつ、咲夜は胸の内で嘲笑（あざわら）った。

この男を言葉巧みに死地へ送り込み、邪魔者の心中相手に仕立て上げる。

目指すところは、ただそれのみだった。

五

外記は屋敷の中庭に出て、黙々と槍を振るっていた。

木で拵えた稽古用のものではない。豪壮な十文字槍（じゅうもんじやり）は常人では構えるだけでも容易ならざる、先祖伝来の一筋だ。

左足を前にして繰り出す突きは迅速そのもの。

返す槍穂には敵の足元を払うのみならず、骨まで断ち斬る勢いが込められていた。

「猪田、参れ！」

ひとしきり動いた後、外記は声を張り上げた。独りで技の形（かた）を繰り返すばかりでは物足りなくなったのだ。

とはいえ、家士に相手が務まるとは思ってもいない。

まして本身の槍を手にした外記と立ち合うことなど、文吾以外は無理だった。

「何をしておる？　早う相手をせぬか、猪田っ」

苛立ちを帯びた声が、西日の差す中庭に空しく響く。

四人の家士は計画の実行に備えて下見に行かせたが、文吾は残っている筈だ。

にもかかわらず屋敷内は元より寝起きをさせていた長屋にも姿はなく、大小の刀を含めた私物も見当たらない。

「あやつ、出奔しおったか……」

外記は隻眼をぎらつかせ、上がり框に置かれた懐紙の包みを蹴飛ばす。

三和土に散らばった小粒金は、これまでに文吾が受け取った給金の全額。遣うことなく貯めていたのを、余さず残して去ったのだった。

大名小路を下り、増上寺に背を向けて少し歩くと江戸湾が見えてくる。

海辺には将軍家の所有する濱御殿を初めとする大名諸侯の屋敷が建ち並び、素浪人は近寄ることもままならない。

築地塀を越えて吹き寄せる潮風の中、文吾は黙々と歩みを進める。

頭上を鷗が飛び交っている。

来し方の殆どを人里離れた山中で過ごしてきた文吾にとっては珍しく、微笑ましい光景だが、今は虚ろな視線を向けるばかり。

「い、猪田殿にござるか……」

背後から覚えのない声が聞こえた。

妙に息が荒かった。父親代わりでもあった師匠に寝込みを襲われ、無体をされた時のことを、否が応でも思い出させる息遣いだ。

堪らず逃げ出そうとした刹那、ぐっと腕を摑まれた。

「い、猪田文吾殿とお見受け致す……」

重ねて呼びかけた声の主は、まだ息を荒らげていた。

「拙者は棟居新左衛門。御広敷添番にござる……」

呼吸を調えながら名乗ったのは半裃姿の武士だった。

まだ二十歳を幾つか過ぎたばかりと見受けられたが、鍛えられた体つきと面構えの厳めしさは文吾にも負けていない。

「何用か？」

青ざめた顔のまま、文吾は問い返す。

「武乃殿の兄者だそうだが、お間違いござらぬか」

気を悪くすることもなく、新左衛門は念を押してきた。

厳めしい造作ながら態度は折り目正しく、育ちの良さが見て取れる。

「兄とは名ばかりの捨て子同士。赤の他人だ」

答える文吾の態度は、気を取り直しながらも素っ気ない。

「されど、貴公の妹なのでござろう」

気色（けしき）ばむことなく、新左衛門は食い下がる。

「左様と申さば、何とする」

面倒臭げに応じた文吾に、新左衛門は鬼瓦（おにがわら）を彷彿（ほうふつ）させる顔を近づけた。

「武乃殿が愚行に及ばんとしておられる。兄者として止めるのを手伝うてくれ」

「愚行とな」

「恐れ多くも上様を籠絡し、御手付きになろうとしておるのだ」

「な、何かの間違いであろう」

問い返す文吾の声は震えていた。

「御手付きを目指しておられるのは雪絵殿だぞ。武乃は助太刀として大奥に上がっただけの筈……」

「甘うござるぞ、貴公っ」

皆まで言わせず、新左衛門は文吾を一喝した。

「おなごは男の気づかぬうちに変わり申（ま）す。それも悪しきことほど染まりやすいものにござる。御役目なれど嫌になるほど目の当たりにしてきたことだ」

「されば、武乃は」

「御次と申せど自分は御目見。もはや雪絵殿への遠慮もござらぬゆえ、勝手に上様の御目に留まらせて頂くと鼻息を荒うしておった」

「……」

文吾は愕然と膝をついた。

いまだ信じがたい面持ちで、新左衛門を見上げる。

「間違いで御城下から芝まで駆け通すほど、拙者は暇ではござらぬぞ」

静かに答える新左衛門は、まだ汗が引いていなかった。西日が射す空の下で熨斗目ばかりか肩衣と半袴まで、しとどに濡らしたままでいた。

新左衛門が武乃から思わぬ話を明かされたのは、つい半刻前のことだった。

「雪絵殿を見限り、自ら御手付きになる所存だと？」

「流石に愛想が尽きちまってね。悪く思わないでおくれな、新左さん」

「されど、おぬしは助太刀として」

「肝心の雪絵様がああも弱腰じゃ、どうにもならないだろ。黙って見てれば咲夜先生だの弓香様だのに熱を上げてさぁ、本懐（ほんかい）を遂げられずにいる手前をごまかしてるだけじゃないか」

「雪絵殿に限ったことではあるまい。上様の御目に留まるのは、それほど至難なことなのだ」

「そんなに難しいのかねぇ」

「分をわきまえるのだ。馬鹿な真似は止（や）めておけ」

上役の御広敷番の視線を気にしながらも、新左衛門は食い下がる。説き伏せたくても人目があるため、声を潜めなくてはならないのがもどかしい。

「まぁ見てなさいな新左さん。細工は流々（りゅうりゅう）、後の仕上げを御覧（ごろう）じろ……ってね」

「武乃殿っ」

堪らず声を張るのに構わず、武乃は御広敷を後にする。

「何としたのだ棟居、新参とは申せど、御次殿に無礼であろう」

戸惑いながらも見送った御広敷番が、新左衛門に歩み寄ってきた。

「……仰せの通りにございまするな」

答える新左衛門の声は低い。どんぐり眼（まなこ）が決然とした光を帯びていた。

「棟居？」

「御次殿から火急の用事を頼まれ申した。ご免っ」

そう告げるなり、だっと駆け出す。

武乃が一度言い出したら聞かない質(たち)なのは、戦利品の帯を売りに行かされた時から分かっている。

頼みの綱は猪田文吾。武乃が新左衛門から帯の代金を受け取る時、世渡り下手な兄のために自分は稼がなくてはならぬのだと、貶しながらも嬉しそうに語っていた人物を措(お)いて他に、止められる者はいないと見込んだがゆえだった。

「左様な次第なれば、一緒に来ては貰えぬか」

「……相分かった」

新左衛門に頷き返すと、文吾は立ち上がる。

しかし、既に時は遅かった。

六

武乃が思い切った行動に出たのは、家斉が中食に続いて夕餉も茂姫と共にするべく大奥に再び渡ってきた時のことだった。

「む！」

家斉がよろめいたのは、御錠口から大奥に入った直後。

さりげなく近寄った武乃が足を払ったと気づかぬまま、前にのめる。

帯を摑んで引き揚げられたのは、顔から廊下にぶつかる寸前のことだった。

「危のうございましたね。大事ありませぬか、上様？」

「く、苦しゅうない」

朝の総触で目が届きにくいところに座らされていた武乃が家斉とまともに顔を合わせたのは、こたびが初めて。

その野性味を帯びた魅力に、たちまち家斉は心を奪われた。


「なりませぬ、なりませせぬぞっ」

早々に御床入りを望んだ家斉を、定信は青筋を立てて叱りつけた。

大崎から火急の知らせを受けてのことである。

その大崎も敵の筈の定信と一緒になり、家斉の説得に努めていた。

「上様っ、御台所様がお可哀そうとは思われませぬのか？」

「何を申すか大崎。元より大事に決まっておろう」

「されば何故、新参の御次になど御執心を……余りのことに御台所様は寝込んでしまわれたではありませぬか」

「それはそれ、これはこれじゃ。今宵は看病を兼ねて御台に添い寝を致すゆえ、あの者との床入りは明日の楽しみに取っておくとしようぞ」

「上様……」

言葉を失う大崎の傍らで定信も押し黙る。最初は今すぐと言い張っていたのを明日で構わぬと譲歩された以上、もはや口を挟む余地はなかった。

御中臈より格下とはいえ、武乃は御目見。家斉が将軍となって初めて御手を付けたお万の方も、同じく御次上がりだ。前例があるからには家斉の希望に従って、準備を進めるより他にあるまい。

本来ならば当日の朝に将軍が名指しをして、夜の大奥渡りに間に合うように支度をする御床入りだが、早めに所望されたことに文句をつけるわけにもいかなかった。

異例の事態は早々に、大奥中に広まった。

とりわけ動揺したのは御中臈衆だ。御手が付く可能性が最も高い立場でありながら格下に出し抜かれては、取り乱すのも無理はなかった。

「御次が御名指しされたですって⁉」

「誰、誰なのですかっ」

「ほら、例のじゃじゃ馬ですよ」

「須貝様が仮親の、あの御次が……？」

御中臈の一人が険しい視線を向けた先には雪絵。

怒れる朋輩たちを前にして、消え入りそうな風情で俯くことしかできなかった。


夕闇に包まれた御広敷では、新左衛門がへたり込んでいた。

既に面会の時間は過ぎ、御用達の商人たちは元より武家の来客も見当たらない。

連れて来られた文吾はがらんとした空間に立ったまま、言葉を失っている。

武乃が家斉の御目に留まり、御床入りが明日と決まったことは今し方まで御広敷に詰めていた添番たちから聞かされた。

その武乃の兄と名乗るや文吾は丁重に遇され、上役の御広敷番からも挨拶をされるほどだったが、喜べる筈があるまい。

「……遅きに失してしもうたな」

板敷きに両手を突いたまま呟く、新左衛門の声は弱々しい。

文吾は頷くこともままならず、その場に立ち尽くすばかりであった。

「おぬしたち、諦めるのはまだ早いぞ」

茫然とする二人に聞こえてきたのは、張りのある女人の声。

「べ、別式女殿」

慌てて応じる新左衛門の傍らで、文吾は目を見張る。

蓮光院の警固役となった弓香が、正敦の暗殺を阻んだ風見竜之介の奥方であることは既に咲夜の口から聞かされている。武乃の手裏剣術を封じた手練というのも承知の上だが、顔を合わせるのは初めてだった。

静まり返った御広敷に、今度は男が姿を見せた。

「風見竜之介……」

「武乃の兄というのは、おぬしのことか」

文吾に問いかける竜之介は、小姓の当番が明けた身。

大奥の騒ぎを知ったのは御広敷に足を運び、弓香と会った後だった。

「……猪田文吾にござる」

「妹が御手付きになると申すに、浮かぬ顔だな」

無言で見返す視線を受け止めて、竜之介は微笑んだ。

相手が将軍といえども、渡したくはない――もしも弓香が同じ立場となれば自分もそうするであろう、決意を秘めた男の眼差しであった。

「猪田殿、おぬしの妹を思いとどまらせる策があると申さば何とする」

「ま、真か」

文吾はたちまち竜之介に詰め寄った。

「教えてくれ、頼む！」

「教えるだけではどうにもなるまい。こちらが手を打たねば、なし得ぬことだ」

「されば、この通り……お助けくだされっ」

その場で平伏するのを、竜之介は無言で見下ろした。

「面を上げられよ」

板敷きに両膝をつき、上体を起こした文吾を見返す。

「貴公の覚悟はしかと見届けた。されば、こちらも教えて貰いたい」

「……何を知りたいと申されるのだ」

「須貝外記が手の内だ。堀田摂津守様がお命、まだ諦めたわけではあるまい？」

「……包み隠さず、申し上ぐる」

「聞かせて頂こう」

真摯な眼差しに頷き返し、竜之介は先を促した。

大奥の各所が騒然とする中、蓮光院は心を弾ませていた。

正敦からの追伸を受け、既に外出の手配はつけてあった。

亡き将軍の菩提を弔う立場となった女たちは、他の奥女中と違って宿下がりをするのもままならないが、寺社参りだけは例外として許される。

御台所の代参ならば行き先は寛永寺か増上寺と決まっているが、親類縁者の墓参であれば、それぞれの菩提寺を訪れる。

大奥奉公では武家の娘も実家の格が低い場合は仮親を立てるため、自ずと縁者の数が多い。外出する際の口実を作るには好都合なことである。

書院番の津田家に生まれた蓮光院は更に格を上げるべく、関東郡代を世襲する伊奈家の養女となっている。全ては己が出世を望んだ親たちの思惑ゆえのことだが、今となっては感謝すべきだろう。

明日はお忍びのため、供の者は同行させない。

弓香も例外ではなく、留守番を申しつけてある。

駕籠を担ぐ陸尺たちも一旦御城に返し、後から迎えに来させる手筈であった。

「ふふ」

正敦の手紙を飽かず眺める蓮光院は、それが偽造であるとは気づいていない。

まして全てが仕組まれたことであろうとは、夢にも思っていなかった。

七

翌日は朝から快晴だった。

非番の正敦は登城に及ぶことなく、目指す寺へと直行した。

移動の足に用いたのは自前の乗物駕籠。

袖ヶ崎から足が遠退いた正敦を疑う者など、もはや家中にはいなかった。外出する目的が知人の墓参となれば、尚のことだ。

されど、人が寺を訪れる目的は法事だけとは限らない。

寂(さび)れた寺社に界隈の親分が目を付け、賭場を開帳するのは昔からのことだが、去る三月に奢侈(しゃし)禁止令が発せられて以来、信心の集まりと称して名刹(めいさつ)の本堂を借り、寄合や取り引きを行う商人が増えてきた。寺社奉行の管轄下のため、奢侈品の売買を取り締まる町奉行所の役人は立ち入れぬからだ。町奉行所より権限が強く、賭場の摘発は手加減しない火付盗賊改も商人には遠慮し、無遠慮に踏み込まれる恐れはなかった。

人目を忍ぶのに適した場所は、男女の密会にも用いられる。

大奥の女たちが寺社参りに熱心な理由も、それゆえだ。

しかし蓮光院が墓参を口実にして庫裏を借りたのは、こたびが初めて。

大奥入りして早々に家治の寵愛を受け、世子の家基を生んだ身には、無聊を慰めるための色事など無用だったからである。

正敦と二人きりで会うのも、そのことが目的ではなかった。

三十させ頃、四十し盛り、五十ござ毟りと俗に言うほど、齢を重ねた全ての女人が性に貪欲であるとは限らない。

蓮光院が正敦に所望したのは、同好の士として源氏物語を語らうこと。

当の正敦も咲夜が届けた文を読み、了解済みのことだ。

人払いをしたのは静謐を求めただけで、元より他意などありはしなかった。

だが、第三者は物事を好意的には見てくれない。

そのまま相対死に及んでも、示し合わせてのこととしか思われまい——。

「一別以来にございましたな、蓮光院様」

「摂津守殿こそ、ご息災で何よりでした」

日当たりの良い庫裏で向き合う二人は、笑顔で旧交を温め合った。

仕組まれたことと気づかぬまま語らいながら茶を喫し、菓子を味わい、住職が気を利かせて小坊主に用意させた般若湯付きの精進料理で中食を終えた頃には、共に気が緩み切っていた。

「本居宣長先生が、新たな解釈に基づく稿を手がけておられるそうですな」

「まぁ、まことですか？」

「越中守様がお会いなされた折に訊き出したとの由なれば、間違いありますまい」

「流石はたそがれの少将と呼ばれしお方、ご熱心でいらっしゃること」

「お顔は厳めしゅうござるが……な」

「ほほほ」

乱れた足音が聞こえてきたのは、笑みを交わした直後であった。

「蓮光院様、お覚悟を」

「堀田摂津守殿、ご免」

障子を開いて踏み込むなり言い渡した二人は、既に抜刀に及んでいた。

続く二人も抜き身を引っ提げ、退路を塞いでいる。

「曲者じゃ、出合えっ」

正敦は負けじと刀を引き寄せ、鞘を払った。

待機させた家来たちが尼僧に化けた咲夜に騙され、白金の上屋敷に引き揚げたとは思ってもいなかった。

誰も駆けつけないと気づいたのは四人がかりで部屋の隅まで追い込まれ、刀を叩き落とされた後のこと。

「おのれっ」

抜き合わせた脇差も、一刀の下に打ち払われた。

四人の曲者はいずれも手の内が錬れていた。

斬る際は柄を握った指を締め、遠心力を発揮するのが肝要であることを、身を以て知っているのだ。

(これまでか)

震える蓮光院を背中に庇い、正敦は目を閉じる。

障子窓が突き破られたのは、その直後。

二人まとめて斬り伏せんとした一刀が、正敦の肩口をかすめて行き過ぎる。

刃筋を逸らした勢いもそのままに、畳に手槍が突き立っていた。

正敦は咄嗟に手を伸ばし、引き抜いた手槍を構える。

枕槍とも呼ばれる護身用の一筋の柄はわずか三尺、約九〇センチ。

大番頭の御用で日々用いているものとは、比べるべくもない長さであった。

しかし、今はこの三尺柄が有難い。

「退けっ」

血路を開かんと眦(まなじり)を決し、正敦は曲者どもに言い放つ。

「流石は堀田摂津守様、頼もしき武者振りにごぜえますなぁ」

廊下から頼もしい、されど少々とぼけた声が聞こえてきた。

「そ、そなたは」

「ご無事で何よりでしたなぁ、蓮光院様。五菜の多吉、推参にごぜえまする」

驚くあるじに笑みを返す白髪頭の男は、二筋の手槍を構えている。

端と端を合わせて捩(ね)じると、六尺柄の槍に変化した。

「おのれ下郎、邪魔立て致すなっ」

「やかましい若造じゃな。刃を交えるのに上臈も下郎もありゃせんわい」

怒声を上げるのを一笑に付しざま、繰り出した槍穂は神速(しんそく)の冴え。

凌ぎきれずに刀を手放し、一人の曲者が尻餅をつく。

「こやつ！」

「くたばれっ」

「ほい、どっちも力が入り過ぎじゃ」

怒りに任せて斬りかかったのを軽くいなされ、二人の刺客が畳に転がった。

残る一人は逃げ腰となり、正敦の突きをかわすので精一杯。

「ひ、退けっ」

堪らず逃げ出す刺客どもを、白髪頭の男は追おうとはしなかった。

「そのほう、多吉と申したか」

「へい。蓮光院様にお仕えさせて貰うとります、五菜でごぜえます」

「……おかげで九死に一生を得た。かたじけない」

礼を述べて手槍を返した正敦は、男の福々しい顔を無言で見やる。

「どうかなせえましたか、摂津守様」

「いや、知り人に似ておったのでな」

「ほっほっ、それは光栄なことでごぜえますなぁ」

視線を逸らした正敦に笑顔で告げると、男は三筋の手槍をまとめて持った。

「お待ちなされ多吉、そなたは何れの手の者ですか。何のために私たちを？」

去ろうとするのを呼び止め、蓮光院が続けざまに問いかけた。

後から恩を着せられるのみならず、正敦と二人きりで会っていた事実を吹聴(ふいちょう)されては困るのだ。礼金と口止め料を求めれば幾らでも払ってくれるだろうが、その男は何も望みはしなかった。

「わしは元より貴女様からお給金を頂戴しちょる身でごぜえますだ。これもお役目の内なれば、お気を回して頂くには及びませんだよ」

「……かたじけのう存じまする」

安心させるように告げられて、蓮光院は恥じた面持ちで礼を述べた。

八

八つ時を過ぎた大奥では、御床入りの支度が着々と進められていた。

「お蚕(かいこ)ぐるみの赤んぼじゃあるまいに、体ぐらい自分で洗えますよ。ちょいと独りにさせてくださいな」

湯殿の中までついて来ようとする奥女中たちを、武乃は脱衣所の外に追い出した。

気配が遠ざかったのを確かめた上で襦袢を脱ぎ、腰巻きを下に落とす。

湯壺に浸かった武乃の胸乳は、ぷかりと浮かぶほど豊かだった。

「ふう……」

心地よさげに息を継いだ刹那、脱衣所の戸が開く。

境目のない通路を通り抜け、姿を見せたのは雪絵。

両袖と裾をたくし上げているのは、入浴の介助をする態そのもの。人払いをされた湯殿に入り込めたのは、武乃に近しい立場なればこそだろう。

しかし、当の武乃は雪絵を必要としていない。

「お気持ちだけで十分ですよ、お嬢様」

「……私の気持ちが分かるのですか？」

「ええ、まぁ」

湯壺の中から返した言葉は、適当と思われても仕方のないものであった。

無言のまま、雪絵は後ろ腰に手を伸ばす。

取り出したのは、抜き身の懐剣。

鞘を払った上で隠し、ここまで持ち込んでいたのだ。

「お嬢様っ」

言い放つと同時に飛ばした湯が雪絵の視界を遮り、懐剣の刃筋を逸らす。

負けじと雪絵は身を翻し、湯壺の武乃に突きかかる。

「何をしようってんです？　落ち着いてくださいよっ」

「私の気持ちが分かるのでしょう⁉　ならば、今すぐに死んでくださいっ」

「くっ……」

揉み合う武乃の表情が曇る。

ここまで思い詰めさせたのは、自分の責任。

理由がどうあれ、こちらがやったことは裏切りだ。

しかし、刺されてやるわけにはいかなかった。

この命は、自分だけのものではないのだ——

「うっ」

短い悲鳴と共に雪絵が崩れ落ちた。

「お嬢様？」

そのまま湯壺に沈みかけたのを、武乃は慌てて抱き起こす。

「危ないところでしたね」

手伝いながら告げてきたのは弓香。湯殿に駆けつけざまに当て身を浴びせ、雪絵の暴走を止めてくれたのだ。

「貴女は大事な体です。私に任せておきなさい」

気を失った雪絵を軽々と抱き上げ、洗い場に横たえる。

黙って見ていた武乃が、気まずそうに口を開いた。

「……あんた、ほんとにあたしが大事な体と思ってくれるのかい？」

「当たり前でしょう。そのお腹にはややこがおるのですから」

「し、知ってたのかい⁉」

「女同士ならばすぐに分かることですよ。殿御には見抜けぬでしょうけれど、ね」

「……負けたよ」

以前に見られた時より濃さを増した乳首を露わにしたまま、武乃は苦笑いをするより他になかった。


「上様」

定信が家斉に物申したのは、大奥に渡る間際のことだった。

「何だ越中、余計な水を差すでないわ」

「大奥から知らせにございまする」

「ならば苦しゅうない。早う申せ」

答える家斉の声は、張りも十分。

寝間着の肩をそびやかし、両の目を輝かせている。

そんな有様を意に介さず、定信は言上した。

「武乃の腹には、ややこが宿っておるとの由にございまする」

「何っ？」

「左様な次第なれば、今宵の御床入りは御自重くださいますよう」

「……相分かった」

がっくりと肩を落とした家斉は、御休息の間に戻っていく。

これでは中奥で床を取り、ふて寝をするより他にあるまい。

九

月が明けて、閏六月。

江戸を遠く離れた蝦夷地では、一人の男が大名相手の交渉に臨んでいた。

「流石は志摩守様、見事なお手際にございましたな」

総髪の四十男は、そう言って微笑んだ。

その名は木葉刀庵。咲夜の兄にして、上方で人気の太平記読みである。

「……」

無言で見返す大名の名は、松前志摩守道広。箱館に拠点を構え、代々の所領とする蝦夷地で日の本の北の守りを担う、松前家の当主だ。

その蝦夷地で去る五月、先住民のアイヌが反乱を起こした。

クナシリ・メナシの両島における武力蜂起は、松前家の委託の下で蝦夷地の産業を牛耳っていた商人の拠点が標的。積年の搾取の報復で七十人余りが殺害されたものの烽火は拡大するに至らず、既に騒ぎは鎮まっていた。

「仄聞致しましたるところ族長たちを懐柔し、戦わずして降伏させた由。ご家中にも多少の犠牲が出たとは申せど、無駄玉を費やさずに済んで幸いにございましたな。後は代々お得意の騙し討ちで主だった者どもを始末致さば、片が付くことでござろう」

「そのほう、どこまで存じておるのだ……」

「子細まで承知しておればこそ、お役に立てるのでござるよ」

笑顔で答える刀庵は船荷を山と積んで、箱館を訪れていた。

運んできたのは、関八州の逃散した村々から集めた大量の火縄銃。

全て修繕し、実用に耐える状態にした上のことである。

「ご入用の折なればこそ、お代は常と同額で構いませぬぞ」

「相分かった。遠路で大儀なれど、向後もよしなに頼むぞ」

持ち前の傲慢さを引っ込めて、道広は刀庵をねぎらった。

道広の望みはアイヌを完全な支配下に置き、赤蝦夷と呼ばれるロシアの民が暮らす地にまで勢力圏を拡げること。

交易をするのではなく侵略し、将軍家の威光が届かぬのを幸いに私腹を肥やすためだった。

それが無謀な考えであることを、刀庵は元より承知している。

ロシアの武力は強大であり、本腰を入れれば松前藩は赤子も同然。

どれほど火縄銃の数を揃えたところで、敵う筈もない。

かつて田沼意次はロシアとの交易を企図したものの、長崎貿易を上回る利益は得られないと気づいて計画を取り止めた。

刀庵は恩人である意次の遺志を継いだ上で、確実に儲けを出そうとしている。

松前家には薩摩の島津家に従属した琉球国のごとくロシアに臣従させ、幕府に従う振りをして、密貿易をさせればいい。

北海の豊富な資源をロシアに差し出し、見返りに異国の品々を得る。

幕府に利益をもたらす必要がない以上、松前家にとっても有益な話であった。

ロシアに限らず、諸外国は日の本の利権を虎視眈々と狙っている。

その事実を幕閣のお歴々は知らぬまま、権力争いに汲々としているのだ。

愚かな限りである。笑止千万である。

甘いがゆえに、付け入る隙も大きいのだ。

刀庵は密貿易のみならず、日本人を売り渡すことまで考えていた。

無理やり連行するのではない。

異国に渡ることを切望する者たちに、むしろ手を貸してやるのだ。

その一番手となる予定なのは、箱館に運んできた火縄銃を修繕した男。

蝦夷地から刀庵が戻るのを、今や遅しと待ちわびている筈だった。

十

千代田の御城では、一人の中臈が大奥を後にしていた。

「お嬢様、ほんとに宜しいんですか」

「思案の末に決めたことです。今さら二言はありませぬ」

迎えの武乃に笑顔で応え、雪絵は平川門に背を向ける。

横暴な父親の意のままとなるのを潔しとせず、己で出した答えであった。

二人が大名小路の屋敷に着いたのは、日が暮れる間際のこと。

「どういうことだ雪絵、答えよ」

前触れもなく帰ってきた一人娘を前にした外記は夕闇迫る中、血走った隻眼をぎらつかせていた。

「分をわきまえただけにございまする、父上」

「分だと？」

「私は元より父上も、上様の御目に叶う分際ではないと気づいたのです」

「こやつ、親を貶しおるか」

「ありのままを申し上げておるだけですよ」

「うぬっ、そこに直れっ」

外記が怒声と共に立ち上がり、長押の槍を引っ掴んだ。

大股に進みながら鞘を外し、毅然と座ったままの雪絵に迫る。

「もはや親でもなくば子でもない。この手で成敗してくれるわ」

庇う武乃ごと刺し貫かんと、外記は槍穂を前に向けた。

「お待ちくだされ、須貝様！」

そこに新左衛門が駆け込んできた。

同行した文吾は既に抜刀し、取り囲んだ家士たちを相手取っている。

「何をしに舞い戻りおったのだ、腰抜けめ！」

「今さら役にも立つまいぞ。斬り捨ててしまえ！」

口々に嘲(あざけ)りながら、家士たちは文吾に迫る。

動じることなく振るう刀は、体に届く寸前に反転していた。

「うっ」

斬られたと思い込まされたまま、一人の家士が気を失った。

須貝家を去った後に修行を積み直し、会得した峰打ちである。

残る三人を打ち倒していく間に、新左衛門は外記と渡り合っていた。

「これより先のお手向かいは無用にござる。思いとどまってくだされ」

「ええい、添番風情に聞く耳持たぬわ！」

荒ぶる外記の十文字槍を、新左衛門は負けじと刀で受ける。

連続した突きを防ぎながら解いたのは、羽織の下に掛けていた革襷。

「ご免！」

告げると同時に一閃させ、槍の長柄に絡みつかせて剛力で引く。

堪らずよろめく外記に、新左衛門は刀を捨てて組みついた。

「兄様っ」

「新左様……」

幼馴染みの姿に安堵する傍らで、武乃も顔を輝かせる。

新左衛門と文吾が須貝家の始末を任されたのは定信に対し、竜之介が重ねて進言をした結果である。

定信は幕政改革を推し進める上で、既に少なからぬ数の旗本と御家人に死罪を含む罰を与えている。この六月だけでも一名が死罪、二名が遠島。更に一名が士籍剝奪に処されていた。

本来ならば外記も罰されるべきだが、一人娘の雪絵に大奥奉公をさせたまま死に処されれば家名は断絶。影の御用で成敗しても同じことだ。

ならば奉公を解いた上で外記を隠居させ、婿を迎えてはどうか？

それは雪絵と新左衛門の気持ちを事前に確かめ、実は幼い頃から相愛だったと判明したのを踏まえてのこと。

されど外記が話して分かる筈もない以上、腕ずくで認めさせる必要がある。

その難題に新左衛門は挑み、助太刀をした文吾も峰打ちを会得すると同時に武芸者の誇りを取り戻し、見事に立ち直ったのだった。

十一

しかし、悪しき輩の蠢動（しゅんどう）はまだ止（や）まない。

「おい刀庵、まだオロシャには行けんのか」

「もうすぐでござるよ、先生」

「もうすぐもうすぐと年寄りをこき使いおって、いつまでも達者と思うでないぞ」

「まだ老け込む年ではござるまい。いま少しご辛抱くだされ」

蝦夷地を離れた刀庵は、秋田（あきた）藩の領内に隠れ住む源内を訪ねていた。

鉱山の跡地に設けられた工房には修繕中の火縄銃の山に加えて、源内の創意工夫による品々も増えつつある。刀庵にとって源内は金の成る木だ。

「そうだ先生、新しいお仲間を今度お連れしますぞ」

「何者じゃ、そいつは」

「恋川春町先生ですよ」

「春町と申さば、黄表紙の？」

「あの方も生きて世を渡るのが、とうとう難しくなり申した。ここらが潮時と、妹が迎えに参った次第でござるよ」

咲夜とよく似た顔に、刀庵は薄い笑みを浮かべた。

折しも今日は七月七日。

梅雨が明けて久しい江戸の町では家々の屋根に青竹が立てられ、色とりどりの短冊（たんざく）と共に和紙で作られた飾り物が風に舞っている。

七夕（たなばた）飾りを準備する楽しみは、武家においても変わらない。

「さ、仁（ひとし）とお孝（こう）も存分に致すが良い」

「わーい！」

「ありがとうございます、伯父上！」

当番明けの竜之介が自ら担いで帰った青竹に、待ち構えていた子供たちは大悦び。

甥と姪に無宿人の子らも加わり、嬉々として飾り立てていく。柴の仔犬が死んで大いに泣いた末松も、仲良くなった仁と孝の励ましで元気を取り戻していた。

笑顔で見守る竜之介は、田沼一族の復讐という大義名分の下で蠢（うごめ）く、悪しき者たちの全貌をまだ知らない。

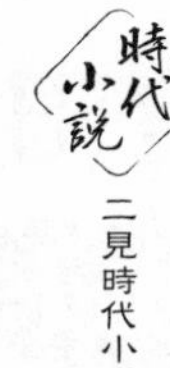

二見時代小説文庫

福を運びし鬼　奥小姓 裏始末3

二〇二一年　三　月二十五日　初版発行

著者　青田圭一

発行所　株式会社　二見書房
〒一〇一-八四〇五
東京都千代田区神田三崎町二-一八-一一
電話　〇三-三五一五-二三一一［営業］
〇三-三五一五-二三一三［編集］
振替　〇〇一七〇-四-二六三九

印刷　株式会社　堀内印刷所
製本　株式会社　村上製本所

落丁・乱丁本はお取り替えいたします。定価は、カバーに表示してあります。

ISBN978-4-576-21027-8
https://www.futami.co.jp/

青田 圭一

奥小姓裏始末シリーズ

①奥小姓裏始末1 斬るは主命
②ご道理ならず
③福を運びし鬼

竜之介さん、うちの婿にならんかね――。故あって神田川の河岸で真剣勝負に及び、腿を傷つけた田沼竜之介を屋敷で手当した、小納戸の風見多門のひとり娘・弓香。多門は世間が何といおうと田沼びいき。隠居した多門の後を継ぎ、田沼改め風見竜之介として小納戸に一年、その後、格上の小姓に抜擢され、江戸城中奥で将軍の御側近くに仕える立場となった竜之介は……。

森詠

北風侍(さむらい) 寒九郎

シリーズ

以下続刊

①北風侍 寒九郎 津軽(つがる)宿命剣
②秘剣 枯れ葉返し
③北帰行
④北の邪宗門
⑤木霊(こだま)燃ゆ
⑥狼神(ろうしん)の森

旗本武田家の門前に行き倒れがあった。まだ前髪も取れぬ侍姿の子ども。腹を空かせた薄汚い小僧は津軽藩士・鹿取真之助の一子、寒九郎と名乗り、叔母の早苗様にお目通りしたいという。父が切腹して果て、母も後を追ったので、津軽からひとり出てきたのだと。十万石の津軽藩で何が…? 父母の死の真相に迫れるか!? こうして寒九郎の孤独の闘いが始まった…。

氷月 葵

御庭番の二代目 シリーズ

将軍直属の「御庭番」宮地家の若き二代目加門。
盟友と合力して江戸に降りかかる闇と闘う！

以下続刊

① 将軍の跡継ぎ
② 藩主の乱
③ 上様の笠
④ 首狙い
⑤ 老中の深謀
⑥ 御落胤の槍
⑦ 新しき将軍
⑧ 十万石の新大名
⑨ 上に立つ者
⑩ 上様の大英断
⑪ 武士の一念
⑫ 上意返し
⑬ 謀略の兆し
⑭ 裏仕掛け
⑮ 秘された布石